真相的十公尺前

真実の10メートル手前

米澤穂信
YONEZAWA HONOBU

真相的十公尺前

目　錄

真相的十公尺前

1

今年的雪來得格外早，斑駁地覆蓋日本東半部。下過初雪的早晨來臨，我已經在名古屋站。

我準備搭乘八點的「信濃號」特急列車前往鹽尻。列車有幾條路線出現誤點，不過我預定搭乘的班次應該會準時出發。

我原本要在車站月台與人會合，但是列車已經進站，對方卻還沒有出現。我看看手錶，拿出手機，剛顯示對方電話號碼，就有人在我後面氣喘吁吁地說：

「抱歉，我來晚了。」

我收回手機並回頭。

「幸好你趕上了。」

我等候的對象——藤澤吉成——不停地喘氣。他的羽絨外套拉鍊沒拉上，襯衫釦子扣錯一顆，亂翹的頭髮有些油膩，臉上的鬍碴也沒刮乾淨。他的眼睛布滿血絲，眼睛下方浮現很深的黑眼圈。

藤澤不斷搔頭，說：

「真的很抱歉。」
「別在意。你昨晚很晚睡吧？」
「應該說，幾乎都沒睡。」
「這樣啊。那我還找你去山梨出差，真不好意思。」
發車鈴響了。我揮手催促藤澤，坐上「信濃號」的對號座位。
「好久沒和太刀洗小姐搭檔了，我很開心。」
藤澤在坐上車時這麼說，不過他的聲音被發車鈴聲蓋掉了，所以我沒有說什麼。
中央本線下行的「信濃號」對號座位車廂內，大約有六成座位被快活的年輕人占據。
藤澤以慎重的動作把相機袋放到行李架上。他環顧車廂，然後把身體沉入座位，對我耳語：
「沒想到乘客還滿多的。」
「的確。距離旺季應該還早才對。」
昨晚長野、山梨、群馬的部分地區即使在平地也積了一公分左右的雪。距離冬季運動的季節還早，而且今天又是平日，但這些學生似乎已經迫不及待地想要前往滑雪場了。

紅眼睛的藤澤拍打自己的臉頰，努力擠出聲音問：

「對了，我其實不太清楚，今天要採訪什麼？」

藤澤是今年發配到我所屬的東洋新聞大垣分局的新人。他獲採用的身分是攝影師，不過根據東洋新聞的規定，即使是攝影師，也需要累積至少一年的記者經驗。我在名義上算是他的指導者，不過從發配至今已經過了半年以上，他現在也有自己的任務了。我不會像一開始那樣總是帶他一起行動，這次的情況比較特別一些。

藤澤又說：

「我聽說是跟『未來階梯』事件有關。」

「沒錯。」

我仍舊朝著正面，只有視線轉向藤澤。

「藤澤，你知道早坂真理這個人嗎？」

「她是『未來階梯』的公關吧？人稱超級美女公關，也常出現在電視上。」

我點點頭。

早坂真理是新興企業「未來階梯」的公關負責人。她是董事長早坂一太的妹妹，當一太創立公司時還是個大學生。隨著公司急速成長，她也頻繁出現在電視與週刊，成了吉祥物般的存在。她既討人喜歡，反應也很快，上了綜藝節目總是笑咪咪的，上了報導節目也能準確回答評論員不懷好意的問題。不過當未來階梯公司營運情況開始惡化，她曝光的機會自然減少。

未來階梯公司於四天前破產。在各家媒體播報的新聞當中，沒有看到早坂真理的身影。

「我沒有見過她。她實際上是什麼樣的人？」

「她是個好孩子。很好的孩子。」

「難得聽妳這麼坦率地稱讚一個人。」

「沒這回事吧？」

這時藤澤忽然露出狐疑的表情，問：

「可是為什麼我們兩個要去採訪早坂真理？」

我直視藤澤。他的臉紅了。

「……不好意思，我昨天因為很忙，沒有看新聞。我一定是說了很蠢的話吧？」

我並沒有要以冷淡的眼神讓他感到羞愧。事實上，他在忙了一天後，次日還被我拉來出差，我反而才感到歉疚。我搖搖頭說：

「沒有。這件事一句話就可以說明。董事長一太和他的妹妹真理失蹤了。」

未來階梯公司是三年前創立的新興企業。他們透過網路，替日漸不便出門購物的老年人提供寄送日用品和醫藥品的服務。董事長一太創業時才二十六歲。或許是因為年輕董事長與針對老年人提供服務的組合很稀奇，因此獲得商務雜誌廣泛報導，而他也以充滿自信的口吻，宣稱資訊革命就是福祉革命。

早坂一太的賭注押對了。未來階梯公司迅速成長，並且大張旗鼓地在那斯達克上市。接著他又發展新事業，以募集會員籌得的資金，與農家、畜產戶簽約，展開寄送有機農畜產品的事業。這項事業並不侷限於共同採購的範疇，還販售剩餘生產品，並將得到的利益分配給會員，具有投資的性質。

就結果來看，這項事業成為公司的致命傷。紅利雖然依照說明支付，但有文件出現，暗示這些資金是從新入會員的加入費支付的。農畜產事業從很前期階段就出現資金調度緊迫的情況。

六月和九月的紅利發放延遲，造成股價開始跌落，再加上對股東說明不足，因此從十一月中旬便連日處於跌停。到了十二月，未來階梯公司終於破產。早坂一太不僅被追究經營責任，部分媒體還把他當作計畫性破產的詐欺犯看待。

「一太和真理的故鄉是太垣。」

「這樣啊。」

即使聽到這個情報，藤澤似乎也完全沒有接受的樣子。這也是難免的。未來階梯公司破產是全國性的大新聞，東京總社的社會部和經濟部都出動了。這不是分局記者處理的話題。

他戰戰兢兢地問：

「分局長知道妳採取行動嗎？」

「……應該取得默認了。」

「請等一下。」

他在狹窄的座位扭轉身體朝向我。

「也就是說，我們要挑釁總社，自己去採訪早坂真理嗎？」

「說挑釁太誇張了。」

我垂下視線。

「不過也許有人會生氣吧。」

藤澤的表情變得有些僵硬。我果然應該一開始就告訴他。

「我也覺得對你很抱歉。就形式上，你應該算是被我硬拉來的，但是如果你感到不安，就在下一站下車吧……其實我本來是昨天要告訴你的，可是聯絡不上。」

他聽到這裡便笑了。

「這個就不用了。」

「不用了？」

「就是妳要我感到不安就下車這件事。知道這是妳的暴走行為之後，我也比較容易下決心了。我會跟妳去。」

「……謝謝。」

「別客氣。不過既然如此，也許就不需要相機了。」

車上廣播即將到達多治見。對號車廂的乘客沒有一個人站起來。

「如果你能跟我一起來，就幫了我很大的忙。」

在到達多治見之前，我得先告訴他這件事。我迅速地說：

「不過你先聽完再做判斷。很難啟齒的是，目前其實還沒找到早坂真理。未來階梯在平塚設有子公司，所以同行都猜想她在平塚而去那裡找她，不過好像還沒找到一太或真理。」

「咦？那我們為什麼要去甲府（註1）？」

「我得到情報。他們不在平塚，至少真理不在那裡。我認為她應該在甲府附近，可是不是很確定……你把這點也納入考量，再想想看吧。」

藤澤噘起嘴脣，不滿地說：

「我好歹也是在報社工作的。」

「……」

「我有撲空的心理準備。」

註1　日本山梨縣首府。

「的確。」

我不禁微笑。我把他當成新人，似乎費了不必要的心思了。

「真抱歉，對你說了失禮的話。」

他默默地點頭。

車窗外的景色變成市區。列車減速，駛入頗大的車站。幾十秒的停車時間內，沒有人下車，也沒有人上車。接下來鐵路便沿著東山道進入山間。

當我看著緩緩開始移動的景色，藤澤問我：

「可以再問妳一件事嗎？」

「什麼事？」

「妳為什麼這麼想要採訪早坂真理？」

在家家戶戶的屋頂和田裡，殘留著些許還沒融解的昨天下的雪。

藤澤的意思大概是：為什麼寧願走對上班族來說危險的路，還要去採訪她。我仍舊望著窗外，說：

「之前我採訪過返鄉中的早坂真理。她的氣質爽朗，聰明卻不會給人氣勢凌人的感覺，給我很深的印象。當時我也採訪了她以前的同學和老師。大家都很喜歡她。當新聞開始報導未來階梯是詐欺公司之後，很多人打電話到分局，說她不可能會詐欺，一太和真理或許生意失敗了，但不是壞孩子……在我們分局負責的地區，早坂兄妹的消息受到很大的關注，當然應該要去採訪吧？」

「這……也許吧。」

藤澤緩緩地說，然後嘆了一口氣。

「……妳剛剛說掌握到情報，是什麼樣的內容？」

對於習慣搭乘新幹線的人來說，朝東行駛的特急列車「信濃號」速度感覺很慢。時間非常充裕。

2

早坂一太和真理兄妹還有一個更小的么妹，名叫弓美。她今年大學畢業，二十三歲。她和未來階梯公司沒有關係，在名古屋市的服飾公司上班。

我先前採訪真理的時候，弓美也在老家，所以我曾和她交換名片。昨天下午，當我得知一太和真理失蹤之後，立刻聯絡弓美，詢問她是否知道兩人的下落。弓美當時還在工作，雖然有些困擾，但並沒有對我不客氣。她回答她不知道，然後又說：

「不會有事的。哥哥和姊姊小時候都會因為一點小事就離家出走。不用急著找他們，他們很快就會像什麼事都沒發生般回來。」

然而過了幾個小時，到了晚上九點多，輪到弓美打電話給我。她用困惑的聲音說：

「姊姊打電話給我。然後……如果不會造成妳的困擾，可以請妳現在過來嗎？」

弓美住在名古屋市金山。我看了手錶，和她約定一小時半之後到。

弓美住的公寓是一棟五層樓建築，位在距離金山站走路七分鐘的地點。入口有自動鎖，也有機械式停車場。弓美的住處在最上層。雖然不知道隔間如何，但光是客廳就有大約十二個榻榻米大。玻璃桌面上放著她替我端來的香氣強烈的紅茶。

我催促她繼續說明，她很歉疚地先說「很抱歉這麼晚找妳過來」，然後說：

「快九點的時候，姊姊打電話給我，似乎喝得很醉。我問她在哪裡，她卻好像沒聽見我說話。而且還掛斷我的電話……我想最好還是去找她，可是如果請警察找她，即使找到了，也可能會被當成是遭警察逮捕。我也沒有告訴過朋友或同事有關姊姊和哥哥的事，所以也不能找他們討論，所以不知道該怎麼辦。」

在未來階梯公司破產事件中，姑且不論早坂真理，早坂一太應該會被追究法律責任，不過這和失蹤搜索是兩回事。就算通報警察，真理也不會被逮捕。話說回來，我也可以理解弓美遲疑的心情。

「我知道了。我會盡我的力量去找她。請告訴我詳細的電話內容。」

弓美把錄音筆放在玻璃桌上。

「我把這個放在身邊，以備他們隨時打電話來。開始的部分沒有錄到，可是應該可以聽見後面的部分。」

我又跟她談了一會兒，想要得到其他線索，但弓美原本就沒有和一太往來，和真理也已經半年左右沒有聯絡，因此完全不知道他們的近況。

「老家那邊也問我知不知道任何情況，可是我真的是在剛剛才第一次接到她的電話。」

「這樣啊……總之，先來聽聽看吧。」

按下播放按鈕，就如弓美說的，聽到的是大概從對話中途開始錄的聲音。我為了聽得更清楚，把頭髮撥到後面，露出耳朵。

這段對話錄音資料已經在昨晚騰出文字稿。

弓美：……姊，妳現在在哪裡？爸爸媽媽都很擔心。

真理：現在、我現在是在車上。我喝了酒，現在正在看天空。

弓美：妳沒事嗎？我看到電視，一直很擔心。

真理：不可以看電視。啊，不過我記得妳從小就是電視兒童。

弓美：姊，妳喝醉了嗎？

真理：（啜泣聲）

弓美：不要緊嗎？要不要我過去妳那裡？

真理：妳在說什麼？妳不是還要工作嗎？我已經失去工作了。

弓美：妳好像喝得很醉，對不對？

真理：應該沒問題吧。剛剛有個男人來照料我。他很會說話，長得也滿帥的，算是我喜歡的類型。

弓美：男人？姊，不要緊嗎？妳現在還跟那個人在一起嗎？

真理：不要緊啦！妳不用瞎操心。

弓美：妳也聯絡爸爸媽媽吧。他們真的很擔心。

真理：是嗎……

弓美：告訴我，妳現在在哪裡？

真理：嗯～在阿嬤家附近。不過，還是不行。我沒辦法去見她。

弓美：沒這回事。阿嬤一定也會高興。

真理：這裡又沒什麼飯店，而且輪胎又那樣，所以也沒辦法移動。真傷腦筋。

弓美：沒關係，妳就去阿嬤家吧！今晚會很冷喔。

真理：不要緊。我吃了很像烏龍麵的東西，現在很溫暖。對了，弓美，我其實原本可以過著正常生活的。

弓美：姊，妳在說什麼？拜託，告訴我，妳現在在哪裡？

真理：弓美，幸好妳還可以做自己想做的工作。絕對不可以告訴周圍的人，說妳是我和哥哥的妹妹唷。

弓美：妳說阿嬤家，是哪一邊的阿嬤？告訴我。

真理：我好喜歡妳，弓美。

弓美：姊姊？

真理：早點睡，不要感冒了。拜拜。

弓美：姊姊……喂？

弓美聽著自己和姊姊的對話，不時扭頭表示不解：

「姊姊雖然會喝酒，但是她應該不會喝到這麼醉。會不會是年紀的關係？」

我詢問此時能問的所有問題。

「早坂，『阿嬤』住在哪裡？」

弓美很明晰地回答：

「祖母住在山梨縣幡多野町，外婆住在靜岡縣的御前崎。」

「兩邊的阿公都健在嗎？」

「我外公已經過世了。」

「那麼『阿嬤家』應該是指外婆家嗎？」

弓美搖頭說：

「不一定。姊姊稱呼父親老家時，應該也是稱呼『阿嬤家』。」

「她平常就是這樣稱呼嗎？」

「是的。」

「她會和某一邊特別親近嗎？」

弓美停頓一下才搖頭。

我這時就已經確信早坂真理在靜岡還是山梨，但我沒有把我的推測告訴弓美，只對她說：

「我知道了。只有知道這些，一定能找到她。」

弓美向我鞠躬，說：

「拜託妳了。」

「交給我吧。另外可以再問妳一件事嗎？」

「……好的。」

「妳為什麼會找我？應該還有很多其他媒體跟妳提出採訪要求吧？可是妳好像只聯絡了我。為什麼？」

她很快就回答：

「之前姊姊說過，有很多雜誌或電視憑空創造出姊姊的形象，要不然就是只談十分鐘就加油添醋，擅自當成姊姊的『真心話』。

不過她說，只有妳不一樣。她一開始覺得妳是個冷淡的人，可是在說話的當中，雖然只是回答採訪的問題，卻引導出連她自己都沒有發覺到的自己的想法。她很高興地告訴我，只有妳真正願意聽她說話。所以我才選擇跟妳聯絡。」

我記得那段採訪，只是不確定早坂真理有沒有讀到事後的報導。我不確定自己寫得是否夠好。

我對她說：

「謝謝妳。她很清楚自己是吸引客人的活廣告，可是她相信未來階梯公司能夠為很多人帶來幸福，即使面對尖銳的問題或要求，她也總是能夠笑咪咪地巧妙應對……我很喜歡早坂真理。」

我沒有借到錄音筆，不過弓美讓我把聲音檔存到隨身碟中。

我離開金山的公寓時，已經接近午夜十二點。

藤澤昨天幾乎不曾闔眼，卻眨著疲累的眼睛，仔細聽我說話。

我說：「即使找到早坂真理，她應該也身心俱疲了。如果能採訪到她的話，就可以讓在故鄉替她擔心的人、還有妹妹弓美安心。我希望能夠早點找到她，所以才邀你同行。」

藤澤沒有說話，只是點頭。

我從包包裡拿出透明資料夾，遞給藤澤。

「這是電話錄音的文字稿。有關早坂真理此刻人在何處的直接線索，目前只有這些。」

藤澤讀完資料夾裡的列印文件之後，慎重地說：

「電話裡沒有提到她人在哪裡。」

「應該是刻意沒說出來。不過她似乎也不打算完全隱藏。」

藤澤再次聚精會神地閱讀通話紀錄，不久之後抬頭望著天花板，揉著眉頭呻吟：

「只有這點線索，太難猜了。」

「是嗎？」

「我們正在往甲府方向，所以妳應該覺得比較有可能是山梨吧？我不明白……這是二分之一的賭博吧？」

「雖然是賭博，但是應該是命中機率很高的賭法。」

車窗外的景象不知何時已經轉變為信濃地區的白色山野。藤澤紅著眼睛，陷入沉思。

不久之後，他說：

「我不了解。」

我原本以為沒有必要說明，但是不解釋的話，對於通宵熬夜還被捲進來的藤澤太過意不去了。於是我伸出手，用手指劃過通話紀錄的某一段。

「這裡。」

「……『而且輪胎又那樣，所以也沒辦法移動』這句嗎？」

「對。」

我從藤澤手中抽走通話紀錄，放入透明資料夾裡，收回包包。

「等一下，就只有這樣？」

「只有這樣？」

「她的輪胎出問題了吧？為什麼這樣就能斷言是在山梨而不是靜岡？」

輕快的旋律傳來，車內廣播開始播報：

「下一站，鹽尻，鹽尻。請不要忘記隨身攜帶的行李。」

窗外的雪景逐漸轉變為街景。我說：

「雖然也不能完全排除爆胎的可能性……」

「嗯。」

「不過她應該是指一般輪胎吧？」

藤澤發出「啊」的聲音。

特急列車開始減速。

「昨天東日本有大範圍的區域下雪，山梨也有少量的積雪。早坂真理的車使用一般輪胎，下雪時很難行駛，所以她才會說『輪胎又那樣，所以沒辦法移動』。我特地調查過，降雪的地區有東北全區、新潟縣、長野縣、山梨縣、群馬縣。靜岡縣御前崎市沒有觀測到降雪。」

我把奶油色的圍巾圍在脖子上，打了領帶結。

「早坂真理昨晚在山梨縣幡多野町。待會轉乘『梓號』列車之後，你先睡一下吧。到了甲府我會叫你。」

3

由於列車誤點，因此轉乘花了不少時間。「梓號」抵達甲府時，已經接近十二點。從車上看到的甲斐路（註2）蒙上一層薄雪，不過少量的雪似乎被都市的熱氣融解殆盡，因此在甲府沒有看到雪。站前大規模的圓環有巴士駛入。上下車的乘客都很零星。

註2　古代官道。由東海道分支，經由富士北麓進入甲府盆地。

我深深吸了一口氣。從名古屋來到此地，我原本以為空氣會有些不一樣，但卻只感覺胸腔冰冷。

「我們搭計程車吧。搭車地點在那裡。」

藤澤肩上掛著很大的相機背包，指著圓環一角。但我輕輕搖手，拿出手機，打電話到事先登錄的號碼。

「喂？我是早上打過電話的東洋新聞社記者，太刀洗。」

接電話的是甲府的計程車公司。我早上便預定計程車，到了鹽尻站時也打了電話告知轉乘列車誤點。我詢問計程車停在哪裡，電話中的人說：

「妳現在人在南口正面嗎？我馬上請司機開車過去。請在原地稍候。」

我掛斷電話，藤澤便笑著說：

「有必要事先安排計程車嗎？」

計程車招呼站有不少計程車在等候乘客。光是用眼睛數，大概也超過二十輛。如果只是要搭車，的確不需要特別預約，應該也能立刻上車。

我沒有回答。藤澤忽然恢復認真的表情，說：

「老實說，我還真沒有想到下雪和輪胎之間的關係。不過接下來要怎麼辦？如果有任何我能幫上忙的，儘管說吧。」

「謝謝……對了，藤澤，你肚子餓了吧？」

藤澤的表情呆住了。

「呃，好像有點餓。不過，可以先聽聽接下來的計畫嗎？」

「我晚點再詳細說明。先吃午餐吧。」

「好的。可是計程車要來了。」

「我們就是要搭計程車去吃飯。」

甲府站前大樓林立，上面密密麻麻掛了招牌。有借貸公司的招牌、英語會話班的招牌、商務旅館的招牌、在地酒的招牌，另外也有當地名產的招牌。我沒有刻意注視某處，漫無目的地望著上方，問：

「你有沒有吃過餺飥？」

「……沒有。」

「你知道餺飥是什麼嗎？」

「我只聽過名稱。那是什麼樣的料理？」

「餺飥是山梨鄉土料理，我滿喜歡的。今天中午我打算吃那個，你有沒有特別喜歡或討厭吃？」

藤澤加強語氣說：

「如果要在今天之內回名古屋，時間已經不多了。車站裡應該也有可以簡單用餐的店吧？」

「一定要吃餺飥才行。藤澤，你應該也有到外地採訪過吧？你對當地名產都沒興趣嗎？」

「要看情況。今天我不太有興致。」

一台黑色計程車接近我們，閃爍著危險警告燈示意。我朝著計程車揮手。從車身大小和打蠟的光澤看來，計程車公司派了很高級的車過來。

「早知道應該告訴他們，派普通的車就行了。」

藤澤也聳聳肩膀說：

「這樣有點顯眼。」

「船到橋頭自然直。我們走吧。」

計程車停在我們面前，門打開了。司機走下車，很有禮貌地鞠躬。

「妳是太刀洗小姐吧？敝姓館川，今天負責導覽，請多多指教。」

司機是四十歲左右、身材偏瘦的男性，自然而不做作的笑容很討喜。他看到藤澤的相機袋，立刻說：

「我來替你放行李吧。」

他以機敏的動作回到車上，打開行李箱。

我暫且先告知目的地是幡多野町，請他開車。我詢問抵達時間，得到的答案是大約三十分鐘。

車子從甲府站往南行駛。天空雖然遼闊，但電線看起來彷彿垂得很低。計程車是以固定費用包租的，因此里程表沒有在動。

我問：「昨晚下雪了吧？」

司機以快活的聲音回答：

「沒有下太大的雪。」

「聽說有積雪。」

「黎明時分積了薄薄一層雪，所以這輛車也換上雪胎，否則就會有些危險。不過太陽升上來之後，雪全都融解了。」

沿途的街上的確幾乎沒有看到雪。

身旁的藤澤壓低聲音說：

「我剛剛雖然那樣說，不過現在還是有點餓了。肚子餓了果然沒辦法做任何事。」

我點點頭，又問司機：

「司機先生，我們想在幡多野吃午餐，可以請你介紹餐廳嗎？」

司機從後照鏡看著我們說：

「當然了。妳指定要找對幡多野很熟的司機吧？我出生在幡多野，在幡多野長大，現在也住在幡多野。請交給我吧。」

藤澤瞥了我一眼。他大概明白了我為什麼要事先安排計程車。這次採訪來到陌生的地方，又沒有太多時間，因此一定要找熟知當地資訊的計程車司機。

「不過幡多野是很小的城鎮，沒有多少地方可以觀光，餐廳也很少。」

「謝謝。那麼，有沒有哪家餐廳提供好吃的餺飥呢？」

司機回答的語調很愉快：

「那當然。現在有很多餐廳為了因應觀光客，把餺飥改成比較順口的味道，不過幡多野的餐廳都還保留傳統的道地做法。」

「我想找一家開到很晚、又有提供酒的餐廳。」

「開到很晚？雖然比不上甲府市中心，不過我知道有一家餐廳開到八點左右，而且也有提供在地酒。中午應該也有營業。」

我又問了一個問題：

「那家餐廳星期幾休息？」

「應該是星期三。」

「沒有其他餐廳嗎？」

前方紅綠燈轉為黃燈，計程車便開始減速。等到完全停下來之後，司機有些詫異地說：

「其他餐廳？這個嘛，我想想看。」

紅燈轉為綠燈，計程車再度開始行駛。

「……對了，還有另外一家餐廳，不過酒類大概只有啤酒。味道不差，可是地點不是很方便，離市區有點遠。休息日的話，我記得好像是星期天……很抱歉，我也不太常去，所以不是很確定。」

「那就麻煩去那家餐廳吧。」

「如果要吃餺飥，我還有更推薦的地方。」

計程車正在過彎道，因此司機沒有看後照鏡，但我還是稍稍低下頭，對他說：

「謝謝你。如果回程比較晚，晚餐就去那裡吧。」

司機似乎沒有不高興的樣子，說：

「好的。那就先去那家餐廳吧。」

站前林立的大廈早已消失蹤影，路上出現越來越多設有巨大招牌和停車場的店。不久之後，這些店也消失了，開始出現一棟又一棟瓦片屋頂的民宅。接著房屋的間隔拉長，道路也變窄了。眼前出現結束收割的農田，不時也看到在市區沒有看到的殘餘融雪。藤澤在我旁邊打盹。

「要不要聽廣播？」

司機忽然問道。

「不用了，謝謝。我同事正在休息。」

「哦……真抱歉。你們是來工作的嗎？」

「是的。」

「到幡多野來工作，還真是難得。」

我在聯絡計程車公司時，報上東洋新聞社記者太刀洗的名號，不過這個資訊似乎沒有傳達給司機。因為沒有必要特地說明，所以我只是敷衍地回答：「的確。」或許是為了避免吵醒睡著的藤澤，司機在這之後就沒有說話。

我用手錶測量時間。先前雖然聽說前往幡多野所需時間是三十分鐘，但是實際上花了更久的時間。或許是因為我們要去的餐廳在邊陲地區吧？車子行駛三十五分鐘左右，超過一輛腳踏車之後，司機以有些節制的聲音說：

「快要到了。」

「好的。」我回答之後戳了一下藤澤的手臂，不過隔著厚羽絨衣的袖子，他似乎沒有感覺。看他沒有醒來，我便把他搖醒。

在廣闊的農地當中，孤零零地矗立著獨棟房屋。漆白的牆壁頂著傳統民俗風的三角屋頂，博風板上有格子狀的裝飾。綠底白字的塑膠招牌上寫著「餐廳」。計程車駛入店前寬敞的停車場。雖然空間足以停放幾輛車，但現在並沒有其他車輛。

「到了。」

「謝謝你。難得有這個機會，可以請你一起用餐嗎？」

我邀了司機，但他搖搖戴著白手套的手說：

「不，我已經吃過了。你們可能會需要談工作方面的話題，所以我還是迴避吧。我會待在附近，等到用餐結束之後再打手機給我。那麼我要開門了。」

我拿起包包。車門打開，冷空氣吹進來。這時藤澤突然喊：

「危險！」

金屬摩擦的尖銳聲音傳來。

我看到一輛腳踏車差點擦到計程車打開的車門停下來。剛剛聽到的就是腳踏車煞車的聲音。

腳踏車大概是在經過計程車旁邊的時候，剛好遇到車門打開。雖然應該沒有撞到，但司機立刻衝下車，繞到車門這裡。

「不要緊嗎？」

騎腳踏車的是一名年輕人。他抬起頭。

他的面孔結實精悍，頭髮有些自然捲，五官輪廓很深。或許因為寒冷，他的臉很紅。

腳踏車前方裝了籃子，但沒有放東西。後座行李架上綁了紙箱，從裡面露出一把蔥。年輕人原本緊閉著嘴巴，不過聽到司機問話，便很明確地回答：

「我沒事。」

「真抱歉。」

「沒關係。」

他簡短地回答鞠躬道歉的司機，然後再度踩上踏板，直接騎著腳踏車到餐廳後方。

我也下了計程車，對深深嘆息的司機說：

「幸虧沒事。」

司機回頭，有些僵硬地笑了笑。

「的確。話說回來，我沒想到會在這麼大的停車場被嚇出冷汗……那麼，結束用餐之後，請再跟我聯絡。要打開行李箱嗎？」

「好的。」

藤澤似乎因為剛剛的驚嚇而完全清醒。我看著他拿出相機背包，再度回想剛剛的情景。

餐廳直接利用老屋開設。天花板很高，可以看到帶有歲月痕跡的梁木。牆壁和地板都像磨亮過一般呈現琥珀色。看樣子客人應該是要在土間（註3）脫鞋，坐在榻榻米上的坐墊。

註3 傳統日式住宅中沒有鋪設地板、與地面齊平而連結外界的部分。

藤澤說：「滿有趣的。」

「是啊。不過有點冷。」

「因為天花板很高，所以沒辦法。」

外面沒有停車，店內也沒有其他客人。大概就如司機所說的，這裡的地點不是很方便吧。

我們穿著大衣等候店裡的人，但沒有人出現。

「打擾了。」

我喊了三次，總算有人從裡面走出來。

「唉呀！真抱歉，讓你們久等了。歡迎光臨，請坐。」

出現的是穿著割烹著（註4）的女人，看上去大概四十幾歲，再怎麼年長應該也不到五十歲。

「那就打擾了。」

藤澤邊脫鞋邊說。

我以正坐姿勢、藤澤盤著腿坐在坐墊上。不久之後茶便端上來。

「天氣真冷。決定點什麼料理之後，請再跟我說。」

註4 套在身上的日式圍裙。

餐桌感覺也很古老，呈現醬油色，桌上放著裝入免洗筷的竹筒和七味辣椒粉的小瓶子。我打開菜單，上面以明體印著食物名稱，沒有照片。最前面印著南瓜餺飥，接著又列出幾種不同食材的餺飥。

藤澤邊看菜單邊問：

「餺飥到底是什麼？」

「麵粉製的料理。」

「像麵包嗎？南瓜麵包？」

「差很多，你看到就知道了。」

除了餺飥以外，這家店也有許多當地特產，例如馬刺和甲州葡萄酒、夏季限定的季節商品則有桃子刨冰。另外也有好幾種常見的定食料理。

「原來還有薑燒豬肉和雞排定食。」

定食料理的白飯只要加錢就可以改成煮貝燉飯。煮貝好像也是甲州名產，印象中是用鮑魚做的。真的只要追加幾百圓就可以吃到鮑魚燉飯嗎？我仔細盯著菜單。

「太刀洗。」

藤澤忽然叫我。

「吃飯的時候就暫時忘掉工作，不要擺出那麼嚴肅的表情吧。」

我只是在思考菜單上的「葡萄豬排」是什麼……葡萄豬排也有附白飯，但是並不是定食料理。

一名穿白色圍裙的男人從裡面走出來。他正是剛剛騎腳踏車差點撞上車門的年輕人。他拿著抹布，默默地開始擦無人的餐桌。

藤澤說：「我決定好了。」

我點頭，然後朝著年輕店員舉起一隻手。

「好的。」

他放下抹布過來，單膝著地，從圍裙口袋取出筆記本和原子筆。

「請點餐。」

「我要點這個特製餺飥。」

「好的。」

我指著菜單上的文字問：

「葡萄豬排的飯不能改成煮貝燉飯吧？」

他一邊動筆一邊回答：

「是的。」

那也沒關係。

「我知道了。那我點葡萄豬排。」

「好的。」

年輕人寫完之後站起來。當他的背影消失在店內，藤澤便對我說：
「那位店員感覺話很少。難道都不用確認點餐內容嗎？」
「畢竟只有兩人份。」
「雖然是這樣……」
藤澤嘴角稍稍上揚。
「妳剛剛那麼堅持要吃餺飥，不用點嗎？」
「沒關係。」
「我不會分給妳。」
「那當然。」
藤澤笑著把杯子舉到嘴前，然後又說了聲：「咦？」接著問我：
「不用點酒嗎？」
「酒？」
「妳不是想喝嗎？妳剛剛在計程車上也問過，有沒有可以喝酒的店。」
我也拿起茶杯。杯中是焙茶，很燙。
「我應該沒這麼說吧？」
「……好吧，反正也不重要。」
我打開包包，拿出筆記本，確認醬油色的桌面是乾的之後，把本子攤開在桌上。

「妳怎麼突然拿出這種東西？」

藤澤邊說邊放下杯子。

「關於尋找早坂真理的線索，我還沒詳細告訴你。你應該很在意吧？」

「嗯。原來妳還願意對我說明。」

「我不是說過了嗎？」

「可是妳常常不做任何說明就飛快地進行工作，所以我以為這次也一樣。」

我一時不知道該如何回應。

「大家都是這樣說我的嗎？」

「反正也不是壞話，沒關係吧？」

「我應該都有分享最低限度的必要資訊才對。」

「原來妳也有自覺，只有分享最低限度。拜託妳分享最高限度的資訊吧！」

我看看手錶。冬季的日照時間很短，尤其這一帶接近山地，天黑得更早，沒有時間閒聊。我用手掌撫平筆記本的折痕，說：

「事件背景是早坂真理任職的公司破產，她也被當成詐欺共犯，目前行蹤不明，看樣子應該是自發性的逃亡沒錯。她開車想要前往祖母家，但是想到自己的處境，又無法去依靠祖母，不知該如何是好。她在這樣的狀態下打電話給妹妹弓美，而這就是通話紀錄。」

「妳還真是突然。」

藤澤邊說邊看印出來的文字。他臉上的笑容消失了。

「到這裡為止，我都知道了。」

「從這段通話紀錄無法得知早坂真理此刻人在哪裡，不過我們只有這個線索。接下來就要思考她昨晚的行動。」

「是的。」

我用手指劃過通話紀錄第二行。

「首先，昨晚早坂真理從『車上』打電話。」

「她的確提到她在車上。是的，應該沒錯。」

「而且她當時喝醉了。」

「是的。」

「她是在哪裡喝酒的？」

藤澤立刻回答：

「應該是車上吧？她大概買了罐裝啤酒，把車停在寬敞的地方，坐在車上喝酒。學生時代我常在朋友駕駛的車上這麼做。」

我把手指移到通話紀錄下方。

「應該不是這樣。繼續讀下去，就很難想像她是在車上喝的。」

「妳的意思是……？」

「她因為喝太多，受到『滿帥的』男人照料。看到有人在車上喝醉，會跑到車上去照顧對方嗎？」

藤澤狐疑地說：

「如果是從車外就看得出來的緊急狀態，或許會有萬分之一的可能性……原來如此，一般來說不可能會進去。」

「車內是私人空間。即使車上的人喝醉，也很難想像有人會打開車門進去照料她。而且她應該也鎖了車門。」

這時年輕的店員端著餐盤過來。他對我說「請慢用」，把馬鈴薯沙拉放在我面前的桌上。看來應該是葡萄豬排附的。我從竹筒抽出免洗筷拆開，雙手合十。或許是為了當下酒菜，口味有點偏鹹。

「如果因為喝太多感到不舒服，搖搖晃晃地走到車外，剛好有個男人經過而照護她——這樣的情況也不是沒有可能。不過更有可能的情況是……」

「她是在店裡喝酒。如果是在店裡，周圍就有客人、店員之類的其他人。」

我點點頭。

我用筷子戳了小碟子中堆成小丘的馬鈴薯沙拉。

「問題是她在什麼樣的店裡喝酒。」

我並不是在詢問藤澤，不過他還是說出自己的推測：

「會喝到爛醉的程度，應該是在酒吧或居酒屋吧？」

「的確有可能。不過還有三個條件。」

「三個條件？」

「第一，昨天有開門營業。」

藤澤皺起眉頭說：

「那還用說嗎？」

我不理他，繼續說：

「第二，晚上營業到將近九點。」

「也就是說……？」

「我沒有告訴你，她是在晚上九點左右打電話給早坂弓美的。她喝得爛醉受人照料之後，大概是等到酒意稍微散去，才回到車上打電話。那麼這家店至少要開到晚上八點，更有可能的是開到九點。藤澤，你常常出差，應該也知道，在幡多野這樣的小鎮，開到八、九點的店並不多。」

「這點我可以理解。」

藤澤說完喝了茶。

「第三個條件呢？」

「這家店應該要提供餐點。」

我指著通話紀錄下方。

「早坂真理吃了『很像烏龍麵的』東西，所以到九點時她還感到很溫暖。如果這是真的，那麼應該不是中午吃的。雖然她未必在同一家店喝酒和用餐，不過在餐飲店很少的鎮上，不太可能連續找兩家不同的店。早坂應該是在同一家餐廳用餐、喝酒。」

藤澤輕輕點了兩三下頭。

「原來如此。每一個條件都很理所當然，不過三個湊在一起，感覺好像就能夠看出一點頭緒。」

「這裡的餐飲店原本就很少，有這些條件就容易鎖定目標。」

「的確……還有一點令人在意的是，她為什麼要說『很像烏龍麵的東西』？她可以直接說烏龍麵，為什麼要說『很像』？」

這時年輕店員端著看起來很沉重的餐盤，緩緩走在榻榻米上過來。

「請慢用。」

他仍舊很寡言，說完之後將看似籐編的鍋墊放在藤澤面前，然後把餐盤上的器皿放下來。

這是冒著蒸汽的土鍋，裡面滿滿地盛放南瓜、里芋、金針菇、香菇、大蔥、菠菜、雞蛋，以及雞肉。

「這就是特製餺飥。」

「這就是……」

藤澤低頭看著裝滿稠狀湯汁的土鍋。

「怎麼看都像是燉烏龍麵。」

我盡可能做出微笑的表情。如果我不刻意擺出笑臉，沒有人會發覺到我在笑。

「餺飥在製麵的時候不加鹽巴，直接在煮麵的湯裡調味，所以最大的特徵就是稠狀的湯汁。你應該明白了吧？這就是『很像烏龍麵的東西』。」

藤澤拆開免洗筷，發出清脆的聲音。他夾起餺飥，盯著粗粗的麵條，然後放入嘴裡。

「啊，好好吃。」

「那真是太好了。」

藤澤默默地吃著餺飥。不久之後，我點的餐也送來了。

年輕人仍舊沉默寡言地端上葡萄豬排。這道料理是用鐵板煎一整塊厚厚的肉，切成一口的大小。

「葡萄豬排。」

他複述料理名稱。藤澤此時已經額頭冒汗，停下筷子抬起視線看我。

「原來妳剛剛不是開玩笑？」

「什麼意思？」

「那是葡萄「豬排」（tonteki）吧？妳剛剛念成 butateki，可是豬肉煎的豬排，不是應該念 tonteki 嗎？」

「……嗯。」

葡萄豬的豬排，所以叫葡萄豬排。原來如此。

「話說回來，葡萄豬是什麼？」

「妳不知道嗎？那些豬的飼料是釀葡萄酒的時候剩下的葡萄皮。聽說很好吃。」

「你為什麼知道那種事，卻不知道餺飥？」

「當然不知道了。」

套餐的飯來得比較晚。端來的不是白飯，而是微微烤焦的燉飯。

「呃，請等一下。」

我本來想叫住迅速轉身的店員，但不知是否沒聽到，他頭也不回就走了。葡萄豬排附的應該是白飯，這樣沒關係嗎？我聞到和入醬油的燉飯香味，正感到困惑，藤澤說：

「妳就吃了吧。就算換回來，那碗燉飯大概也會被丟掉。」

「我想也是。」

「如果妳覺得過意不去，待會付差額就行了。那位穿割烹著的太太感覺滿親切的。」

藤澤的說法也有道理，我便照做了。

或許是因為南瓜和麵一起煮，藤澤那碗餺飥的南瓜溶解在湯中。稠狀的湯似乎很容易濺起來，因此藤澤的筷子動得很謹慎。

「妳是為了掌握早坂真理的行蹤，才到這家店吧？」

藤澤用筷子剖開南瓜，有些哀怨地低聲問。

「是啊。」

「為什麼不早點告訴我？」

我之所以請計程車公司安排熟知幡多野的司機，不是因為期待他熟悉道路，而是要請他介紹提供酒和餺飥、營業到比較晚的時間、而且昨天沒有休息的店。

「太刀洗，我真的覺得妳應該更重視組織中的『報告、聯絡和商量』。」

藤澤從土鍋夾起菠菜（註5）上下搖晃。

「從司機的口吻來判斷，符合條件的應該只有這家店。」

註5　藤澤提到的「報告、聯絡和商量」在日文簡稱「報・連・相」，與「菠菜」同音。

「雖然不能太過樂觀，不過很有希望。早坂真理一定來過這一帶。不過她或許沒有進入幡多野町，而是在甲府市區用餐。」

「那裡的店也比較多。」

「話說回來，如果是在甲府市區，她應該不會說『這裡沒什麼飯店』。而且她應該已經看到祖父母家門口，然後覺得自己現在沒辦法見他們。所以她很有可能來過幡多野。」

「原來如此。」

藤澤似乎喜歡上餺飥的口味，沒有停止夾麵，邊吃邊問：

「接下來呢？要怎麼找到她？」

我背出通話紀錄的部分段落：

「『剛剛有個男人照料我。他很會說話，長得也滿帥的，算是我喜歡的類型。』」

「聽妳說出口，感覺滿噁心的。」

「目前確定昨晚和她接觸過的，就只有這個男人。只能從他身上尋找線索了。」

藤澤停下筷子。我把豬排放入嘴裡。豬肉很柔軟，味道濃郁。

「……就算找到那個男人，如果他什麼都不知道怎麼辦？」

「那就沒辦法了。只能問遍全鎮的人，有沒有看到早坂真理的車子。這座小鎮不大，所以這個方法或許也行得通。」

藤澤瞥了一眼手錶，皺起眉頭說：「會很花時間。」

「的確。希望能夠早點找到他。」

我想起早坂弓美以顫抖的聲音拜託我尋找姊姊。

我動了筷子。

「很會說話的男人是什麼樣的人？首先可以想到兩種可能：第一，那個男人很懂得怎麼和女人說話。」

「的確很有可能。早坂真理說的『很會說話』，大概是指擅長說好話、擅長哄人。具體職業是……」

「雖然沒必要和職業聯想在一起，不過的確有可能是酒家公關之類的。」

「嗯。」

藤澤似乎很同意地點頭，但事實上我並不認為這個猜測是正確的。我繼續說：

「不過很奇怪的是，早坂真理和那個男人應該只是一方照料另外一方的關係而已。當然也可能是在照護的過程中，兩人有機會長談，而男人一直稱讚真理，讓她覺得對方很會說話。不過至少在打電話給弓美的時候，真理應該是獨處的。」

藤澤拿著筷子，發出沉吟聲：

「嗯～我覺得未必不可能。應該有很多男人遇到妙齡女子，不管對方是不是爛醉，都會說好話吧？」

「也許吧。不過還有另一種可能性。」

我把煮貝燉飯放入嘴裡。光是燉煮貝類應該無法得出如此豐富的滋味。不過飯裡的貝類果然不是鮑魚，大概是卷貝。我嚼著口中的飯，忽然猜到自己為什麼能夠得到燉飯。

「另一種可能性？」

藤澤詫異地放下筷子，稍稍湊向前問：

「什麼可能性？」

「那個男人是外國人。」

藤澤思考片刻，然後嘆著氣說：

「哦，原來如此。」

也就是說，「很會說話」指的是「很會說日語」的意思。

「在這個情況下，我們不知道男人的外表。有可能是白人、黑人、或是黃種人。」

「如果真的是這樣，那個男人應該很醒目吧？這裡又不是觀光客會造訪的小鎮。」

「的確。這座小鎮沒有大學，高中以下的留學生晚上也不太可能在提供酒類的地方徘徊，所以應該不是留學生。這一來，有可能是來探訪熟人，或者是受到雇用，也可能是從事某種事業或研修活動。」

我夾起豬排，沾了盤中剩下的醬汁放入嘴裡。

我暫且放下筷子，從包包拿出百圓硬幣和隨身攜帶的筆記本。我找到自己要找的那一頁，拿給藤澤看。

「這是我洽詢幡多野鎮公所和幡多野農會得到的答覆。」

藤澤瞪著我，問：

「妳不是說線索只有通話紀錄嗎？」

「在『信濃號』車上的時候的確只有那些，不過我在鹽尻站轉乘的時候打電話去問過了。」

「妳是在什麼時候……」

「當你在候車室睡覺的時候。我得到的答覆是，農會那邊目前並沒有招收外國人。至於幡多野鎮公所也說，鎮上目前沒有掌握任何受僱者或研修生。不過這只是短時間的通話問到的資訊，所以不算完整。」

我喝了已經變溫的焙茶。我朝著正在整理空餐桌的年輕人揮手，指了指茶杯。

「不過在山梨縣而不是幡多野町的名義之下，招收了三名從事農業研修的菲律賓人。聽說是葡萄栽培的研修。」

「菲律賓人？他們在這座小鎮嗎？」

我搖搖頭。

「研修場在勝沼町，離這裡很遠。就算他們放假出遊，應該也只會路過甲府，不會到幡多野。」

年輕店員過來替我們倒茶。藤澤在談話中把餺飥吃光了。店員再度端餐盤過來，準備收走用完的餐具。我在餐盤上放了一百圓。

藤澤仰望天花板。

「等一下。早坂真理或許真的來過這裡，可是我們還是不知道當時照顧她的外國男人是誰。到頭來還是沒有太大的進展，不是嗎？那個男人到底在哪裡？」

我拿起茶杯。

「這個嘛……」

我喝了一口剛倒的熱焙茶，放下茶杯。

「應該是在這裡。」

我抬頭看著正要收走餐具的年輕店員。

店員眨著眼睛，往後倒退。

4

我站起來，遞給他名片。

「很抱歉在工作中打擾你。我是《東洋新聞》的記者，名叫太刀洗。可以跟你談談嗎？」

年輕人從一開始就幾乎沒有說話，只說了「是的」、「請慢用」之類的語詞，所以沒有感覺到腔調有異。

他說：「我不想談。」

他的眼神飄移，或許是感到恐懼。我可以想像到理由，不過如果猜錯那就非常失禮了。我有些遲疑，但是想到在金山等候消息的早坂弓美，便硬著頭皮說：

「我不會告訴警察或入出境管理局。我們只是在找一位女士。」

年輕人的表情依舊沒變。我為了保險起見，換一個方式告訴他：

「We will never inform the police or the immigration office about you.」

這時他終於嘆了一口氣。

「我聽得懂日語。」

接著他看看餐桌上的料理，表情變得較為和緩。

「請繼續吃吧。我會待在這裡。」

「我知道了。」

「這家店的豬肉很好吃。要趁熱吃。」

他拿起放了空餐具的餐盤，走到裡面。

我恢復原本的坐姿抬起頭，注意到藤澤的目光。

「請問，剛剛那是……」

「等一下再說。」

我想要依照年輕店員指示趁熱吃完。肉已經涼了許多，如果放更久，大概就會開始變硬了。

快結束用餐時，又來了兩組客人，店裡變得繁忙，年輕人似乎也閒不下來。到了兩點，午餐時間結束，穿著割烹著的老闆娘放下垂簾，總算能夠靜下來談。

老闆娘當然知道這名年輕人是外國人。她在門外掛上準備中的牌子之後，將店內餐桌借給我們做採訪，但她的態度顯得非常不安，不時把視線瞄向這裡。

我問：「妳要陪他接受採訪嗎？」

她說「我還要準備晚間營業」，就走進店的內部。年輕人看了便說：

「老闆娘知道我是非法入境，還是讓我留在這裡工作。她很親切……可是如果我的事情被入出境管理局知道，就會造成她的困擾。」

年輕人再度看著我說：

「妳說不會告訴警察或境管局，是真的嗎？」

「是的。」

「真的？」

「是的。」

藤澤也很肯定地點頭。

年輕人雖然似乎還沒有完全相信，不過還是報上名字。

「我叫費南多。Fernand Basilio（費南多・巴西里歐）。我是從菲律賓來的。」

即使在知道他是外國人之後重新檢視他的外表，感覺和日本人也沒有太大的差異。他的年紀大約二十歲，或者也可能是十幾歲。

「謝謝你。我重新自我介紹：我叫做太刀洗萬智。」

「我叫藤澤吉成。」

費南多輪流看著我們的臉。

「Journalist?（記者？）」

他以流暢的發音詢問，我不禁回答「Yes」。費南多點了兩次頭。

「我知道了。不過我想知道一件事：很多人說，我的臉很像日本人。語言方面，我也很小心。可是妳卻發現了。為什麼？」

藤澤也說：

「我也覺得很奇怪。妳一開始就知道了嗎？」

「當然不是。」

我不擅長說明，不過費南多應該也很在意自己的身分為什麼會被發現。為了得到他的信任，我必須回答問題。

「一開始是因為計程車。」

「計程車？」

「是的。你在這家店前方差點撞上我們搭乘的計程車。正確地說，是差點撞上司機打開的車門。」

當時聽到尖銳的煞車聲，腳踏車停下來了。為什麼那台腳踏車會衝向車門打開一定會撞上的地方？我當時感到很不可思議。

「這家餐廳的停車場很大，一般來說不可能發生意外。我想到或許騎腳踏車的人不認為車門會打開。或許是因為不知道計程車門是由司機用機械操作，所以看到我們兩個乘客都沒有把手放在門上，就以為門還不會打開。」

我停頓一下，又說：

「也就是說，我認為你不熟悉日本的計程車。」

費南多皺起眉頭。

「我應該知道，可是不小心就會忘記。真危險。」

「幸好沒有受傷。」

「只有這樣嗎？」

我搖搖頭說：「另一個理由是燉飯。」

藤澤在一旁插嘴問：「燉飯？有什麼問題嗎？」

「燉飯很好吃。不過我原本以為會端出白飯，沒想到卻是燉飯，因此覺得很奇怪。」

「是因為弄錯點餐內容吧？啊，所以妳發現他的日語不是很好？」

「我一開始以為是這樣。」

我回溯記憶。

「我應該是這樣問的：『葡萄豬排的飯不能改成煮貝燉飯吧？』」

費南多不安地點頭說：「妳是這樣問的。」

「你回答『是的』。在那個情況，用日語回答『是的』，意思應該是『是的，沒辦法改』。可是實際上端來的卻是燉飯。我原本也以為只是單純弄錯，可是立刻想到另一個解釋方式：比方說，如果是英文，在那個情況回答『yes』，接下來就會說『you can change』。因此我想到，這位店員不是根據日語的習慣來答覆，很有可能是以其他語言為母語。」

我原本以為這樣的說明很難當場立刻理解，但費南多卻顯得很興奮，湊向前說：

「原來是這樣。」

「是的。」

他稍稍噘起嘴，說：

「我以為我的日語進步很多。只說一點點，還被稱讚聽不出來是Filipino。不過我還有很多不懂的地方。」

「最後是放在餐盤上的一百圓。」

這點他似乎也隱約發覺到了。他稍微扭曲英俊的臉孔，說：

「是的。我不小心收下小費。」

「日本人當然也不是絕對不收小費，可是你毫不驚訝，很自然地收下了，因此我認為你應該很習慣小費文化。」

費南多聳聳肩說：「真厲害。」

聽他這麼說，我感到很不好意思。我還是無法習慣自信地說明自己的想法。而且這次我並不是從零出發來思考。

「我一開始就預期這家店可能會有外國人。否則我一定也不會猜到。」

我不需要深入了解費南多為什麼會在幡多野工作。我從包包拿出一張照片放在桌上，用指尖輕輕推到費南多面前。

「我剛剛說過，我們在尋找這位女士。她昨晚打電話給妹妹。從對話內容判斷，我們認為她昨晚八點左右很可能在這家餐廳。」

費南多沒有拿起照片，瞥了一眼便點頭。

「是的。我昨天的確看過這個人。」

藤澤在餐桌底下避免被費南多看到、偷偷比了勝利手勢。我再度詢問：

「店裡的人……老闆娘也和她說過話嗎？」

「只有我跟她說話。老闆娘擔心她的情況，要我去看看情況，可是老闆娘沒有和這個人說話。」

「你知道她現在在哪裡嗎？」

「我不知道。」

我早已預期到這個答案。費南多恐怕是最後一個接觸早坂真理的人。然而即使如此，也不能期待他會知道早坂真理此刻人在何處。關鍵的是接下來的問題：

「那麼在昨晚的對話裡，她有沒有說過她要去哪裡？」

「沒有……」

我有一種奇妙的確信，覺得他的沉默並不是在追溯記憶。從費南多盯著早坂真理照片的眼神，我了解到他知道某件事，只是在猶豫該不該說出來。

「我不是很了解這個人。請告訴我，為什麼要找她。」

藤澤瞥了我一眼。他別有含意的眼神似乎在問：有必要告訴他嗎？費南多如果知道早坂真理是重要人物，確實有可能反而決定不說，或者也可能會索取情報提供費。

我知道這些可能性，但根據直覺，我覺得現在與其用各種技巧交涉，不如毫不保留地說出來、展現誠意比較有效。這樣的直覺通常不太會出錯。

「她叫做早坂真理。她是『未來階梯』這家公司的員工，也是董事長的妹妹。她協助哥哥經營，非常認真工作。哥哥也以優秀的創意讓公司成長茁壯。但是她的哥哥因為經營策略錯誤，導致公司破產，有很多顧客覺得自己被騙而生氣。早坂真理是未來階梯的代言人，非常有名，再加上又是董事長的妹妹，所以被認為也應該對經營失敗負責。」

我緩緩地說明。

「早坂真理昨天失蹤了。身為董事長的哥哥也同樣下落不明，所以被認為很有可能是兄妹串通好的。目前警方並沒有特別採取行動，但是電視和報章雜誌都在尋找他們兄妹，想要問他們問題。」

「妳也是嗎？」

費南多問我。

「妳也為了同樣的理由在找她？」

我張開嘴巴想要回答，但又把差點說出口的話吞進去。

我原本想要說「不是」，然而實際上並沒有任何不同。

昨晚早坂弓美的確委託我去尋找真理。但我此刻人在這裡是為了工作。我是利用公司經費轉乘電車和計程車，隨同新進的攝影師一起來這裡，想要拍攝並採訪早坂真理。

如果主張其他理由，那就是謊言。

「是的。」

費南多再度把視線落在照片上，不再開口說話。

廚房裡傳來洗餐盤的「喀喀」聲。不久之後，又聽到其中摻雜著水聲。

藤澤把腳鬆開。我想要說話，卻找不到適當的語詞。

最後費南多終於開口：

「也就是說，她受傷了，然後逃到這裡。」

我搖頭說：「我不知道。」

「在我看來是這樣。」

落在照片上的視線移到我身上。這時輪到我看著早坂真理的照片。照片中的她洋溢著活力，綻放笑臉。

「那個人很痛苦。在我看來，她因為痛苦，只能喝酒。」

「……」

「後來她喝酒喝到噁心，我就帶她到洗手間，還端水給她。聊了一陣子之後，她發現到我的日語有點奇怪，盯著我問：『印度？』我回答：『菲律賓』，她雖然臉色蒼白還喘著氣，還是對我鞠躬說『namaste（註6）』。我說那不是菲律賓語，她在痛苦中也覺得好笑，就笑出來了。然後對我說：『你的工作真辛苦。不過所有工作都一樣。』」

「……」

「讓妳去見她，不會造成她更大的痛苦嗎？」

他的問題很直接。就如他的視線，讓人很難正面承受。

外面的風不知從哪裡吹入。

「也有很多人想要分擔她的痛苦。他們很喜歡早坂真理，非常擔心她現在的情況。我想要把真理的話轉達給那些人。」

「也就是說，妳想轉達她的痛苦？」

那應該不是我的目的。

「不是的。」

我的脖子感覺到冬天冰冷的空氣。我說：

「早坂真理受到攻擊的理由當中，也包含了不該由她負責的事項。我認為她應該得到為自己辯解的機會。我想要提供這樣的媒介。如果她不願意接受採訪，我就會乖

註6　尼泊爾語的打招呼用語。

乖回去。」

我不知道費南多是否相信我說的話。他低頭喃喃自語。我不知道他說的是哪一國的語言。或許是日語，但我沒有聽到。最後他抬起頭對我說：

「我知道了。」

他指著餐廳後方。

「這家店後面有一條河。她昨天把車停在那裡睡覺。我不知道她現在在哪裡。不過也許還在那裡。」

5

冬天虛弱的陽光從我在名古屋迎接早晨以來，一直沒有蒙上烏雲。停車場原本因為融化的雪而潮溼，在我們走出餐廳時也已經幾乎全乾。

我看看手錶，時間接近兩點半。

昨晚九點打電話給早坂弓美的真理即使喝到爛醉後睡著，應該也已經醒來了。如果她買了足夠的食物，車子或許還停在同樣的地方。不過如果沒有食物，她很可能已經移到其他地方。話說回來，還是要先到現場才知道。

「走吧。」

「好的。」

藤澤背起相機袋。我確認錄音筆放在胸前的口袋裡。

知道附近有河流之後，果然好像聽到了潺潺水聲。

我看了看餐廳後方。

收割後的稻田中殘留著零星的積雪。稻田的對面有一條向左右延伸的窄路，兩旁種植著行道樹，應該就是沿著河川的堤防道路。

不過我找不到可以繞過稻田的道路。繼續找下去可能會耗費太多時間，所以我踏上田埂。柏油路雖然已經乾了，但泥土仍舊很潮溼。冰冷的感覺彷彿從平底鞋底部傳上來。

就如我預期的，田埂前方就是堤防道路。從近處看才發現行道樹是櫻花。到了春天，這裡應該是很好的賞花景點，但現在卻吹拂著冷風，道路上呈現寂寥的氣氛。

「在那裡。」

藤澤開口。

隔著細細的河流，不甚寬敞的對面河岸停著一輛汽車。即使從對岸看，也能看出那是打蠟打得很亮的灰色德國車，在冬天的鄉間田園顯得非常突兀。怪不得藤澤看了一眼就認定是早坂真理的車。

車子的右側朝向我們。側面車窗似乎貼著隔熱紙，幾乎看不到裡面的情形。

「要不要拍照？」

我不知該如何回答。

如果是工作需要，即使不經本人許可，也應該毫不猶豫地拍照。原則上是如此，但事實上我過去不曾面對那樣的場面。而且這次我的目的是見到本人進行採訪，沒有必要現在就拍照。

另一方面，光是能夠找到疑似她的車子，就算很幸運了。如果早坂真理坐在那輛車上，在我們繞到橋上接近車子之前，就有可能被她發現而逃跑。這一來，我也無法否定想要至少先拍到照片的心情。

其他報社及《東洋新聞》總社都把焦點放在平塚，大概只有我們來到幡多野。到此為止都進行得很順利，不能在最後關頭失敗。我心中湧起這樣的想法，束縛住我。

我不知道藤澤如何解釋我的沉默。他舉起相機。我只是旁觀。

距離對象十公尺，藤澤擺好拍照姿勢。他沒有按下快門，只是把鏡頭指向對象。只要我一開口，他隨時都能拍下照片。

我抬頭瞥了一眼冬天的晴空。如果我告訴早坂弓美找到她姊姊了，她一定會很高興吧？

藤澤低聲說：「她在裡面。」

這時我回到現實。藤澤仍用鏡頭窺視著十公尺前方。

「她好像把椅背放倒了。這樣應該會很冷。」

「拍得到她的臉嗎？」

「這要顯影之後才知道。她好像還在睡，沒有在動。」

我忽然想到必須考慮的可能性。

「藤澤，車上的人有沒有蓋著外套？」

他盯著觀景窗沉默片刻。

「……沒有，大概沒有蓋任何東西。」

我的包包裡有各種採訪用的工具。我拿出小型雙筒望遠鏡，舉到眼前。

由於窗上貼了隔熱紙，看不清車內的情況。不過即使如此，還是能看出車裡有人躺著，身上只披著外套。現在雖然出太陽，但是在十二月，只穿那樣不冷嗎？

「藤澤，你把鏡頭拉長。」

「要拍臉嗎？應該只能拍到黑色畫面。」

「不用拍照。要看的不是臉部，而是車子的窗框。」

「窗框？」

我舔舔乾燥的嘴脣，問：

「應該沒有塞住縫隙吧？」

風從河面吹過來。這支望遠鏡的倍率很低，即使我仔細凝視，仍舊看不清細節。

藤澤舉著相機，一動也不動。

「怎樣？車窗沒有塞住縫隙吧？」

過了一會兒，他簡短地回答：

「有。」

我拔腿奔跑。藤澤呼喚我的名字，同樣跑在我身後。

我一口氣衝過上游的橋。當冬天的冷空氣塞滿我的肺部、讓我無法再繼續跨出腳步時，我聽到警笛的聲音。

從遼闊的大地某處傳來的警笛聲越來越近。這是救護車的警笛聲。

看來在我們之前也有人注意到河岸停著突兀的汽車。先發現的人已經通報過了。再過兩、三分鐘，救護車就會抵達。

這樣就沒事了。

我停下腳步，調整急促的呼吸，把頭向後仰，吐出安心的嘆息。

6

十二月六日，未來階梯株式會社營業部門公關課長早坂真理在服用酒精與大量安眠藥之後，在自己的車中引入排氣死亡。

山梨縣警方公布死亡推定時間為凌晨一點，死因為一氧化碳中毒。

警方認為沒有犯罪嫌疑。

正義之士

1

飛濺的鮮血灑到地面之前，彷彿就開始廣播了。

『由於先前發生撞人事故，電車目前停止行駛。』

這世上還有造成更多人困擾的死法嗎？從高處跳下來或許會波及他人，跳海時也可能連累周邊居民加入搜索，但是死亡時停止電車運行，影響的人數相差太多了。只能選擇這樣的死法，一定是因為家教不好的關係。

電車行駛到月台中央附近時輾過了人，然後又繼續前進十幾公尺，車身一定沾滿了血跡。清洗車身也要花錢。不過換個想法，這筆費用也算是有意義的支出。因為可以讓無法自我管理行為的人早早從這個社會退場。

迎接傍晚交通尖峰時間的吉祥寺車站月台上，充斥著低沉的喧囂。眼前有人死了，但是在這座第四月台卻沒有人發出尖叫。有些人為了尋求繞道途徑而離開月台，緩緩走下階梯。在這座城市，撞車事故並不稀奇，大家都習慣了。雖然習慣，但所有人都皺著眉頭感到焦躁。剛剛在軌道上被輾過的人，大概一直都讓正常人感到焦躁吧？不過今天也是最後一次了。

『……目前還無法確定重新運行的時間。很抱歉造成各位乘客的困擾……』

為什麼人類總是分為令人焦躁的一方，以及感到焦躁的一方呢？教育問題占很大分量，不過不僅如此。俗話說有其父必有其子，大概就是這個道理。不正經的雙親會養出不正經的孩子，而這些孩子長大之後，又會養出不正經的孩子。然後這些不正經的人類增殖，就會啃光社會基礎，讓接受良好教育的正常人負擔起負債，怎麼想都有問題。惡幣會驅逐良幣。要阻止這樣的連鎖，不能等待別人來處理。每個人都要具備身為當事人的意識，清楚明白自己能做什麼，從自己身邊改變世界。至少我有這樣的自覺，也具有付諸實踐的行動力。

最早跑過來的站員不知跑到哪裡去了，或許是去呼叫支援。月台上有幾名好事者正在窺探電車和月台間的狹小空間。屍體被捲入電車下方，但他們或許在尋找有沒有露出手臂之類的。這種行為雖然低俗，但是想看恐怖畫面的好奇心本身並不算危害。他們只是不習慣發生撞人事故。不久之後，當他們遇到自己搭乘的前方車廂輾死欠缺思慮的人，他們不僅不會替死者哀悼，還會為他的不負責任而感到焦躁。已經習慣的人則紛紛打電話，通知預定行程被打亂了。

『……目前中央線停止運行。請稍候……』

在騷動的第四月台，我突然看到令人想吐的景象。

就在幾乎所有人都準備離開月台的時候，有一個女人蹲在月台邊緣，把手伸入放在腳邊的包包。女人的臉頰泛紅，嘴角浮現笑容。那副露骨的低俗表情令我感到心寒。我立刻明白她不是湊熱鬧的一般民眾。那女的打心底感到喜悅——太好了，讓我遇到好場面——那張令人厭惡的臉上呈現這樣的想法。

女人首先從袋中取出小小的筆記本，用筆寫了一些字。她寫字的速度快得驚人，轉眼間就翻了好幾頁。她看著手邊、電車、手錶，不斷記下筆記。

接著女人拿出手機，把身體探出去，似乎想要設法拍攝停止的電車下方。在喧囂聲中，我隱約聽到好幾次向周圍宣告自己按下快門的悠閒電子音效。她或許看到部分屍體，像是手部之類的吧。

女人又湊上前，接近到距離緊急停車的車廂只有幾公分。車廂中的乘客群集在一處。由於「撞人事故」，車門仍舊緊閉，乘客就算想下車也無法下車。他們有的面露不安，有的則不滿地看著月台。留在月台上、不知何時才能等到電車重新運行的乘客也是同樣的心情。在險惡的視線交錯的月台上，這個女人卻絲毫不在意他人眼光，只是不斷地用手機拍照，彷彿在宣示只有自己得到許可做這種事。

看她的樣子大概二十幾歲，不是學生。怎麼說呢？那種老成的氣質和學生有著本質上的不同。她身上穿著皺巴巴的T恤和膝蓋部分磨破的舊牛仔褲，給人不修邊幅的印象。不能正常打扮的人通常都沒什麼常識。她放在腳邊的包包也是黑色尼龍製的，一看就是便宜貨。她的眼睛底下有黑眼圈，窺視著被壓扁的屍體，臉上表情越來越興奮。

那是一張不知恥的臉孔。

接著她從包包拿出小型錄音筆，在混亂的車站中，對著錄音筆高聲說「事件記錄」。大聲說出來的只有這幾個字，接下來就低聲不知在喃喃說什麼。到這裡我大概就猜到這女人的身分。她是記者。她大概覺得眼前發生的「電車撞人事故」可以當作新聞題材吧。

我穿過身穿西裝和制服的人群，悄悄接近那個女人。我想知道她錄下什麼樣的內容。她是出版社的人、報社的人、電視公司的人，或者是自由業者？雖然是常有的事，但是在失去一條人命的「撞車事故」現場喜孜孜地做記錄，這種女人我想聽聽到底是用什麼口吻在說話。但是更重要的是，這女人的用語讓我感到在意。她說的不是「事故」，而是「事件」。

女人仍舊蹲在地上，有些髒的運動鞋往電車又接近一步。這時原本一直播放著電車運行資訊的廣播突然插入其他句子。

『為了避免危險，請不要太靠近月台邊緣。』

這句話怎麼聽都是在制止這女人的行動。然而她卻只是稍微抬起視線，毫不在意地繼續接近電車，把上半身探到軌道上方，對著錄音筆說話。她到底哪來那麼多話？

我繞到女人身後。和從遠處觀察時得到的印象相較，她的聲音並沒有特別小聲。

不，應該說，她大概完全不覺得會被其他人聽到，聲音大到旁若無人的地步。

她的黑髮從月台垂下。廣播再度播放：

『為了避免危險，請遠離電車！』

這次很明顯地是在警告這名女子。她總算抬起頭，皺著眉頭環顧左右，朝著擠滿人的月台上、不知站在何處的站員高高舉起手機，彷彿拍照是一切事情的免罪金牌。

女人用連我都聽得見的聲音「啐」了一聲。她顯然對制止的廣播感到焦躁。實在是太滑稽了。這女人明顯不屬於「感到焦躁的一方」，而是「令人焦躁的一方」。她這種不負責任的舉動，過去一定曾讓許多人感到焦躁。這種女人竟然對站員理所當然的提醒感到焦躁，實在是厚臉皮到極點。只顧自己、不能為自己行為負責的人，為什麼這麼多呢？這種人如果還以為自己有什麼特權，那麼大概真的是某種本質上的錯誤。

女人只有聊表意思地往後退，再度開始錄音。這時我總算能聽清楚她的聲音。

「晚間六點四十二分發生事件。被害者立即死亡。地點是四號月台、六號車廂停車位置附近。四十五分，警察還沒到達。現場沒有特別混亂。由於是傍晚尖峰時間，影響極大。」

她的聲音很沙啞。

現在還不知道被害人是不是立即死亡。最終結果當然是必死無疑，可是警方還沒有正式發表，未免太隨便了。她剛剛說成事件而非事故，大概也是毫無根據地隨口說說。

實在是太難看了。

廣播仍在宣布：

『……很抱歉造成各位乘客的困擾。目前因為本站發生撞人事故，中央線暫停運行……』

這時女人似乎突然發現什麼，看著手機。剛剛沒聽到鈴聲，所以她大概是轉成靜音。她遵守了最低限度的規則，這點倒是值得稱讚。遭遇「撞車事故」的男人在搭電車之前……不，即使在上車之後，也一直朝著手機用骯髒的言語吼叫。

女人迅速打開手機貼在耳朵上。她臉上露出興奮的表情，似乎立刻要向電話另一端得意洋洋地報告。「撞車事故」那麼值得高興嗎？

就在這個時候——

女人閉上嘴巴。她臉上的喜悅消失了，取而代之的是冷淡銳利的表情。周圍的氣溫甚至感覺下降了。她一動也不動地繼續蹲著，手機貼在耳朵上。

不久之後，她緩緩回頭，視線稍微向左右飄移之後，停在我的臉上，和我視線交接。

她站起來，嘴上泛起微笑。這是那種不習慣笑的人為了職務不得已而學會的不自然表情。

她對我說話。

「你好，我是記者。我希望能夠聽聽你的感想。」

她一步步走近我。在數百、數千人喧譁的車站內，她的聲音雖小，但不知為何卻很清晰。

「把人推下鐵軌，你有什麼感受？」

這時後方突然有人抓住我的肩膀。

2

結束一小時的詢問，走出車站辦公室，中央線已經恢復運行。然而留在車站的人數太多，令人感到窒息。我們決定先離開車站。

在外人眼中，我們應該是很不協調的兩人。我穿著上過漿的筆挺襯衫及細條紋外套，繫著不算樸素、而是太過安全的深藍色領帶。另一個人則穿著有些髒的T恤和磨損的牛仔褲，肩上背的尼龍包也是只重實用、毫不洗練的造型。她的臉上大概只塗了防晒乳。我們望向計程車招呼站，不過看到大排長龍的人群，便面面相覷，互相搖頭。

我們在附近找了一家咖啡廳坐下來。我點了咖啡，她點了烤牛肉三明治套餐。當溫熱的毛巾送上來，她像拿著捲筒般捧起來，嘆了口氣。

「我想早點回家……」

「船老大，難得聽妳說這種洩氣話。」

船老大是她——太刀洗萬智——高中時代的綽號。她一開學就把手肘拄在桌上打瞌睡（註7），因此被稱作船老大。過了十幾年，現在只有在開玩笑的時候才會使用這個令人懷念的稱呼。

太刀洗把手肘拄在白色餐桌上。

「這次有點辛苦。我只有在回程的電車上昏昏沉沉睡了一小時左右。」

「在那之前睡了多少？」

「過去七十二小時當中，睡了兩小時左右。」

我又嘆了一口氣。

「妳又這樣子亂搞，怪不得一臉疲累的樣子。我們兩個都不會一直保持年輕，弄壞身體就得不償失了。」

註7　日文打瞌睡可以說成「划船」。

「……的確。謝謝你。不過有些事情，即使弄壞身體也得去做。」

我和她的人生道路雖然曾經重疊，但現在卻各自生活。雖然不排斥彼此，不過關係也沒有密切到沒事也會見面。她今天到我的公寓也只是為了工作。由於我目前進行的工作對她有用，因此約在有空的時間見面交付資料，沒想到卻在事後遇到這樣的事件。

咖啡、沙拉、三明治端到桌上。她拿起叉子，但似乎沒什麼食欲，緩緩地戳著生菜。

我喝了咖啡，忽然問：

「剛剛那個男人好像沒有太大的抵抗。」

「……是啊。」

「妳是怎麼威脅他的？」

太刀洗狐疑地說：

「也沒有吧？我並沒有威脅他的意思。」

在吉祥寺站發生「撞車事故」之後，被太刀洗搭訕的年輕男子腳步蹣跚地轉身想要跑走，但是在他混入人群之前，被跑過來的站員和鐵路警察抓住肩膀，把他帶到辦公室。

先前有人發出不成聲的叫聲跌落鐵軌、被中央線的橘色電車輾過之後，太刀洗立刻對我說：

——這不是自殺。要不是意外，就是謀殺。你來幫我一下。

她要我幫忙的有三件事：第一，去叫站員。第二，觀察有沒有人在注意她並且接近。如果有的話，就用數位相機拍下那個人的臉。第三，前兩件事做完之後，打電話通知她。

接著太刀洗蹲在月台上，從包包取出東西。當她拿出手機假裝在攝影時，即使是習慣她做事方式的我也感到困惑。真的會有人接近她嗎？

結果真的有人出現。那個男人明顯帶著輕蔑的表情，嘴角扭曲，瞪著太刀洗。當她拿出錄音筆，那男人便逐漸接近。我確實地把他的臉孔拍下來。那是個身材過瘦、氣色很差、大約三十出頭的男人。

「我有些事情想問妳……」

太刀洗正不情願地把番茄放入嘴裡，沒有細細咀嚼就吞下去。

「嗯？什麼事？」

「為什麼那樣就能引出犯人？」

「……哦，對不起。你幫了我的忙，我卻忘了對你說明。我大概真的很想睡吧。」

她的動作雖然緩慢，但沒有停止用餐，對我說：

「自殺應該在月台後端進行才對。電車即使要靠站，因為沒有完全減速，所以還是能夠確實達成目的。而且那裡通常人比較少，不會被阻攔。最不可能選擇的就是月台中央。那麼到底是意外還是殺人？如果是後者，應該不是預謀殺人。在人群中雖然沒有人會去注意彼此，但畢竟是在幾百人面前執行，一般來說應該會選擇更適當的場地。這件事比較可能是一時衝動、未經思考的隨機殺人。之前我寫過類似案件的報導。」

我點點頭說：「嗯，我有讀過。」

「真的？你特地讀了那則報導？」

「對呀。」

她皺起眉頭，然後表情忽然變得柔和。

「……謝謝你。話說回來，你對被害人有什麼樣的想法？」

她唐突地改變話題，讓我有些錯亂。她從以前就是這樣，總以為大家都能跟得上她思考的飛躍速度。我只能回答：

「我甚至連被害人是誰都不知道。」

「你沒發現？死掉的就是在井之頭線中途上車的人。就因為是那個人，我才認為殺人的可能性比意外更高。」

「中途上車？」

如果是一般中途上車的男人，就算太刀洗的記憶力再怎麼強，也不可能會一一記住。也就是說，那個男人一定給人很強烈的印象。這麼說，一定就是那個人。

「……就是那個好像在明大前車站上車、很吵的男人？」

太刀洗點頭。

如果是他，那麼感覺有點奇怪。

「妳怎麼會知道？死者在電車底下，應該看不到屍體的臉。」

太刀洗忽然移開視線。

「雖然有點遠，可是我聽到那個男人在中央線月台上還是繼續講手機。我正想著他怎麼還在打電話，就聽到『哇』的聲音，然後又聽到有人喊電車輾過人了，所以立刻知道發生什麼事。」

「我沒有聽到。我明明就在妳身邊。」

「周圍很吵雜，聲音當然容易被掩蓋，所以聽不到也很正常。我只是剛好在注意他的聲音。」

我無從判斷這是不是偶然。或許是因為她在日常生活中磨練出對異常狀態的注意力，才能分辨出那個男人的聲音。我深深靠在椅背上，回想起在井之頭線上車的那個男人。

以東京都內的路線來說，井之頭線的擁擠程度不算嚴重，不過到了傍晚，電車仍舊幾乎客滿。在明大前站上車的男人大約五十多或六十多歲，身材有點矮，體型中等，一開始並沒有異狀，但是不久之後接了手機卻突然開始怒罵。不僅如此，他還開始踢電車門，使得車廂內瀰漫著險惡的氣氛。由於聲音太過激烈，有小孩子開始哭，也有看似母親的婦人從人群縫隙擠到隔壁的車廂。

沒有人阻止那個男人。我也一樣。一方面是因為不想牽扯到可能是黑道的男人，一方面也因為從明大前站到吉祥寺站只有十幾分鐘的車程。不過，無疑地：

「那個男人真的很擾人。」

「我也覺得……後來他在幾百個不知名的乘客當中，被隨機殺人的凶手挑上，也是因為這一點。」

「因為他造成困擾？」

「是的。他那副旁若無人的舉動，即使被其他乘客憎惡也很正常。我也感到很焦躁。」

「所以就殺了他？太殘暴了吧？」

太刀洗喝了咖啡，繼續說：

「這純粹是我的想像。或許凶手一開始沒有打算要挑選對象殺人，只是到了中央線月台，那個在井之頭線做出擾人舉動的男人剛好站在凶手面前。如果就這樣推下去，那麼凶手是基於某種信念殺人。他認為自己的行為是正當的。雖然不敢說百分之百，但是我認為凶手大約有一半的機率會留下來檢視行為的結果。」

聽她這麼說，就覺得好像也有道理。被害人上車之後，一直到電車抵達終點都在怒罵、踢門。聽到那聲音，我心中也產生了很微薄的、但類似想殺人的感覺。

然而……

「我想問的是，為什麼妳假裝在採訪，凶手就會接近妳？」

聽到這個問題，她露出一抹微笑，輕描淡寫地回答：

「犯人自以為是正義之士，把一個在電車上造成其他乘客困擾的人推下月台。那麼看到不顧他人困擾進行採訪的記者，應該更覺得不能原諒吧？我心想，他很有可能會過來看看我的長相。」

這麼說，太刀洗是把自己當作下一個獵物，引誘犯人上鉤嗎？

她若無其事地補充：

「而且我一開始大聲說這是一場『事件』，所以他大概擔心自己的犯行會不會被目擊了。」

「……如果凶手還是沒有出現呢？」

太刀洗放下咖啡杯，以毫不在意的表情說：

「那就只是我會很丟臉而已。不過就是揮棒落空，在這一行很常見。」

我把數位相機還給太刀洗。我剛剛就是用這台相機拍下被帶到辦公室的男人側臉。她接過相機，檢視檔案。

「謝謝你。」

太刀洗做出吸引凶手注意的舉動，讓他留在原地。在這段時間，我去找站員說明情況，請他們準備好抓住凶手。

即使如此，我還是覺得，要是凶手稍微具備一些觀察力，或許會發現太刀洗布下的陷阱。她的「採訪」畢竟是本職，所以表演得很逼真。但是在包包裡準備了錄音筆的人，竟然不是用相機、而是用手機拍攝現場，未免太不自然了。如果凶手這時發現「她平常使用的相機已經託付給別人」，或許就會發覺到自己在盯著太刀洗的同時，我也在注視著他。

我看看手錶。電車停止運行、還有事後提供證詞的經過雖然足以做為遲到的理由，但是我差不多也該走了。我預定要與人開會用餐。

「拍得很好嘛！」

數位相機螢幕顯示著我拍的照片。畫面中表情輕蔑的男人正走向太刀洗。她看著照片，低聲說：

「我問你。」

「嗯？」

「你相信我是為了引誘凶手才開始採訪嗎？」

她的個性的確很難懂，不過十年以上的交情很長。不論是再怎麼複雜的人，也能隱約察覺到對方的內心深處。我點頭說：

「我相信。」

可是她嘴角泛起的卻是達觀的笑容。

「可是你看。」

她指的是自己假裝在採訪的側臉。即使在數位相機的小畫面上，也看得出她面帶喜色，握著錄音筆。

「你不覺得這個表情很討厭嗎？」

「……妳是裝出來的吧？」

她沒有回答。

然而沉默卻是最強烈的雄辯。她無疑是這麼想的：

——我自認是裝出來的，但是果真如此嗎？我難道完全沒有因為遭遇眼前的事件而感到欣喜嗎？

雖然知道她的想法，但我卻無法開口。對於她的工作和這項工作的業障，我一直感到無力，今後恐怕也是如此。

太刀洗操作相機，刪除我拍攝的照片。

「妳要把它刪除？」

「嗯……雖然是你特地拍的，感覺有點過意不去，可是自己既然參與逮捕嫌犯，這張照片就不能拿來當作報導。」

「那也沒必要刪除吧？」

或許這張照片日後會成為某種證據。然而太刀洗搖頭說：

「如果留下來，我就會猶豫能不能透過某種形式發表。我沒有自信能一直抵擋誘惑。畢竟我不是一直都有工作。」

太刀洗看看手錶。

「我該走了。很高興見到你。」

車站前已經沒有留下「撞車事故」造成的混亂痕跡。

戀累殉情

1

桑岡高伸和上條茉莉的殉情事件造成很大的衝擊。

我最早是在電視上看到報導。晚上結束工作回到家，洗完澡之後打開電視，就在報導這則新聞。委託警方搜尋的兩名三重縣高中男女遺體被發現，現場留下暗示兩人殉情的遺書。縣警正從自殺與他殺兩方面來調查。或許因為是未成年，報導中沒有提到桑岡與上條的本名。

我被分配到《深層週刊》編輯部已經第三年，差不多也習慣了悲慘的話題，自認感性已經磨滅，不會再對演藝人員或上班族自殺事件一一感到悲哀；不過聽到年輕男女結束自己性命，還是會陷入難以言喻的慘澹情緒。由於我手邊的工作已經大致完成，所以這次事件很有可能會由我負責。想到這裡，我的心情就更加陰鬱了。

這世界上有些人頭腦很好，注意到兩人死亡的地名：三重縣中勢町，戀累。兩人的死被命名為「戀累殉情」，或許又因為最近沒什麼大新聞，因此隔天早上的電視新聞都在報導這起自殺事件。

看似從國中畢業紀念冊取得的照片屢次出現在螢幕上。上條茉莉穿著保留濃厚昭和年代氣息的水手服，在團體紀念照中帶著靦腆的表情，一看就給人好感。桑岡高伸認真的眼神像是要窺探鏡頭深處，臉上長了青春痘，看起來純樸木訥而讓人無法討厭。更重要的是，他們的面貌看起來都還像小孩子。

兩人留在現場的遺書也反覆出現在畫面上，以刻意裝年輕的聲音朗讀。

我沒想到這世界是如此惡劣的地方。
我和茉莉決定去死。
理由應該馬上就會知道了。
我想要對父母親說聲謝謝。
還有對不起。

高伸

想到這一來就可以結束，我感到非常安心。
能和高伸手牽手到另一個世界，我甚至感到高興。

茉莉

他們的死的確有撼動人心的要素。笨拙但充滿真情的遺書字句、兩人看起來很純真的照片，以及動機未明的謎，還有「殉情」這個復古的詞彙——戀累殉情大概還會炒熱一陣子的話題。給人深刻印象的自殺有時會引起連鎖反應。希望不要以此為契機發生連續的殉情事件。我邊想邊檢視筆記型電腦，看到有一封來信。寄件時間是凌晨三點，寄件人是大貫主編。

我昨天的預感猜中了。郵件內容是要我負責採訪三重的自殺事件。

2

出差用的波士頓包為了能夠隨時帶走，早已打包好了。星期日原本是假日，可是發生這種突發事件，假日當然會報銷。不過因為總是能夠取得補假，所以我也沒有太大的不滿。

上午八點，我走出杉並區的住處，前往三重縣中勢町。到昨天為止還默默無名的中勢町，接下來應該會有好一陣子受到全國矚目。

我在東京站的商店買了幾乎所有全國性報紙，在新幹線上閱讀，並把情報整理在線圈筆記本上。

遺體發現時間是星期六下午六點。傍晚時分到河邊釣魚的男子發現有人勾在橋墩的地方，通報消防隊。三十分鐘後，消防隊和義消聯手將人拉起，但已經死亡。從他身上的物品確認他的身分是桑岡高伸。

在拉起桑岡時，義消發現上條茉莉的屍體。她在俯瞰河川的懸崖上，刺破喉嚨而死。戀累似乎是包含懸崖的這一帶地名。仰臥的屍體旁邊掉落著橫條筆記本，上面寫了桑岡和上條聯名的遺書。就是因為這份遺書，才知道兩人的死是同一件殉情。刺破上條喉嚨的刀子折斷並留在現場，經確認是她同學桑岡的持有品。在今天早上的階段，驗屍結果還沒有出來，殉情原因也不明。

兩人都是十六歲，上同一所高中，家似乎也住在附近，從小學就念同樣的學校，高中時一起加入天文社。雖然要採訪過才知道，不過兩人大概是青梅竹馬的關係。

新幹線經過濱松站時，手機響起。我看到螢幕顯示是主編打來的，便走到車廂外接電話。在雜音當中，我聽到熟悉的破鑼嗓：

『辛苦你了。你在路上嗎？』

「我在新幹線上。」

『這樣啊。拜託你了。』

大貫主編今天應該在休假。他的小孩還小，即使星期六加班到天亮，星期日也一定會陪自己的家人。這樣的主編特地打電話來，不太可能只是為了確認現狀。

「有什麼新的消息嗎？」

『不是的。我安排了聯絡人，所以要通知你。』

「聯絡人？」

我皺起眉頭。出差採訪時，常常會安排熟知當地狀況的採訪聯絡人。他們會事先取得採訪取可，設計有效率的移動路線，在國外採訪時還會兼任翻譯。不過那是在製作深入的特輯報導才會做的安排。像這次這種突發事件不曾請過聯絡人，我也不覺得有這個必要。

「為什麼要特地安排聯絡人？」

『剛好有一個替月刊工作的撰稿人在那附近，就決定請她幫忙了。』

一個人也能勝任的工作被安排支援，感覺像是自己的能力被懷疑，讓我有些不太舒服。不過在陌生的地方有人能夠帶路，老實說也滿方便的。

「我知道了。那個人叫什麼名字？」

『你或許聽過吧？她叫太刀洗，太刀洗萬智。』

「……哦。」

我不知道主編如何解釋我的回應。他的聲音變得愉快。

『你既然聽過，那就好說了。我會請她盡快聯絡你。』

「嗯。」

『她雖然個性有些古怪，不過腦筋很好。你得掌握主導權，和她好好合作。』

電話另一端傳來「爸，快點～」的聲音。主編大概不知道我聽到了。

『那就這樣。交給你了。』

他用平常的粗嗓子結束通話。

我把手機收入口袋，嘆了一口氣。這次的採訪工作原本就讓我心情沉重，現在似乎又多了一件行李。記者也有擅長與不擅長的事。我不太喜歡和自由工作者一起工作。以前我曾經被巧言令色的獨立撰稿人寫了沒有證據的報導，遇到很大的麻煩。

我沒有讀過太刀洗萬智的報導，不過我記得調到月刊的學長說過，『她是個難搞到極點的人』。我當時沒有問是什麼意思……

我想要回到座位，站在自動門前方，發覺到轉為靜音的手機在震動，便再度掏出手機。收到的是來自陌生帳號的郵件。

——都留正毅先生我是太刀洗，今天請多多指教。目前看來應該能夠約到過世的兩人就讀高中的老師受訪。如果你願意，我就會進行安排。不知意下如何？我的電話號碼如下——

我開始有些期待見到這位自由工作者。她寫的不是「死亡的兩人」或「死掉的兩人」，而是「過世的兩人」，讓我覺得有些高興。我沉入座位，打了回覆的郵件。

我在名古屋站下了新幹線，搭乘近鐵特急列車到津市，從那裡轉乘普通列車，過了十五分鐘左右到達中勢町。

我走出沒有站務人員的小車站，眼前是有些寂寥的景色。

我首先看到鐵皮招牌的香菸店，以及沒有掛簾的定食店。圍繞著公車圓環的建築屋頂都很矮，感覺還有些褪色。其中有一棟格外突出的嶄新建築，是在日本各地都能看到的便利商店。

我通常在抵達後會通知編輯部，不過今天是星期天，表面上部門應該沒有人在。我傳送郵件給主編代替電話聯絡，然後打電話給太刀洗。她彷彿在等電話，鈴聲只響一次就接通了。

『喂，我是太刀洗。』

聲音雖然有些低沉，不過口齒清晰。

「喂，我是都留。」

『請多多指教。』

「哪裡哪裡，這句話應該是我說的。」

『你到中勢站了吧？我會在五分鐘之內到達。』

「那麼，我先去便利商店買個東西。」

我們彼此說了請多多指教，然後掛斷電話。

我必須在便利商店買信紙。我平常總是放在包包裡，但手邊幾乎已經沒有剩下，再加上早上又趕著出門，所以沒有來得及補充。我在狹窄的文具區找到事務用信紙，付了帳走出店，雖然應該還沒過五分鐘，卻有人從後面叫我。

「請問你是都留正毅先生嗎？」

這是剛剛聽到的聲音。

我回頭，一雙細長的眼睛看著我。她長得很高，留著長髮，穿著象牙色的西裝裙裝。除了背在肩上的大容量包包以外，看不出任何像是獨立記者的地方。她的臉頰到下巴的線條瘦削，使得表情給人冷淡的印象。我回答她：

「沒錯。請問妳是太刀洗小姐嗎？」

「是的。先前我傳了郵件給你。我叫太刀洗。」

我們彼此交換名片。大貫主編雖然稱呼她為「撰稿人」，但她本人的名片上印的職務名稱是「記者」。由於她是聯絡人，所以我原本以為她住在這附近，但她的住址卻是東京。

「很抱歉大貫對妳提出勉強的要求。」

「不。只是不知道我能不能幫上忙。」

「聽說可以請妳替我安排聯絡。」

太刀洗點點頭，取出一張名片。這是《伊志新聞》記者的名片。

「我和當地記者談過，請他們給予協助。」

「啊，那真是太感謝妳了。」

我們這些週刊雜誌沒有加入記者俱樂部，所以無法參加警察的記者會。如果不請加入記者俱樂部的報社記者幫忙，甚至無法取得官方發表的消息，往往只能從電視上得知警方發表了什麼。

在都會地區，我們可以從加盟記者俱樂部的報社記者分到發表資料，不過在這一帶並沒有任何熟人，所以我正愁該怎麼辦。如果她能幫我介紹，就可以省去很多麻煩。我向她鞠躬，接過名片。

太刀洗看看手錶。她的手錶數字盤很小，造型很可愛，和她一絲不苟的穿著有些不協調。

「我在郵件中也提過，我約了應該能問出一些情報的老師。一位是上條的前導師，另一位是兩人參加的天文社顧問老師。」

「妳真的約到現任教師？」

「是的。」

她雖然一副若無其事的表情，但事實上這並不簡單。

碰到和學校有關的事件，當然需要採訪教師。可是他們在公務員當中也屬於防衛心特別重的一群，通常不會接受採訪。一般模式是由副校長擔任窗口，所有老師都只會說「由副校長來發言」。這既是為了保護學生，或許也是因為那些老師不習慣學校外面的世界。要去拜訪好幾次、讓他們記得自己，多次閒聊之後，才總算能夠得到一兩句情報。

然而太刀洗卻在發現遺體的隔天就約到兩位老師……怪不得學長會評她為「很難搞」。雖然我沒有理由抱怨，但我一開始就被她取得主導權。

「約定時間是兩點，還有一些時間。你有沒有想去的地方？」

我振作精神。如果還有時間，我已經決定最先要去的地方了。

「我想要去看看發現遺體的現場。」

採訪的定律是「先到現場」。太刀洗點頭，說：

「我已經安排好計程車了。」

3

幾分鐘之後，亮著「包車」顯示燈的計程車來了。我告知目的地。

「到戀累。」

半老的司機以理解的神情點頭，緩緩開車。我還來不及從車窗眺望首度造訪的街景，太刀洗便拿出一個褐色信封。

「都留先生，你對事件了解多少？」

「大概了解到今天早上八點播報的部分。請問妳知道兩人的家庭成員嗎？」

「大概知道。」

根據太刀洗的說明，桑岡高伸和雙親與弟弟一共四人共同生活，上條茉莉和雙親是三人生活。至於有沒有住在外面的兄弟姊妹、或是雙親職業等細節則還未掌握。

「我也拿到幾張照片。」

她首先給我兩張照片。

「這是兩人剛上高中的照片。」

這些照片和今天早上電視上出現的不同，大概是在非正式的場合拍的。桑岡高伸穿著素面T恤和牛仔褲，手上拎著西瓜，露出爽朗的笑容，感覺就像是夏日一景的照片。上條茉莉的照片似乎是在朋友生日派對上拍的，在圍繞蛋糕擺姿勢的一群女生當中，她靦腆地在胸前比著V手勢。

「這些照片是向兩人各自的朋友借的。我也有留下地址，可以聯絡他們。」

以殉情方式結束生命的兩人，在這些照片中看起來只是普通的高中生。也因此，他們各自的笑容更讓人心痛。

這些照片不能直接刊登在雜誌上。要刊登死者照片時，必須取得家屬的同意。

「照片取得刊登許可了嗎？」

「還沒有。目前還沒有聯繫到家屬。」

太刀洗在半天內得到兩張私人照片，並且和兩名教師約定見面。以她這樣的幹練程度，不太可能還沒查到家屬地址。大概是家屬不願意見面。這也是情有可原的。自己的孩子自殺了，還沒有舉辦喪禮，應該沒有心情去考慮照片使用許可之類的問題。看機會再向他們提出請求吧。

「關於動機，有沒有相關線索？」

「……沒有。」

「比方說，霸凌之類的？」

太刀洗搖搖頭。

「根據學校方面的說法，並沒有霸凌的問題。借我們照片的學生也說，很難想像是同學之間的問題，說他們學校不會發生那種事……雖然也不可能完全沒有做虧心事的學生，但是在現階段，也沒有理由認為他們是苦於霸凌而自殺的。」

不只是學校，連持有私人照片的朋友都持相同意見，那麼應該可以相信。更重要的是，遺書中沒有任何關於霸凌的暗示。桑岡和上條是一起死的，所以動機應該朝兩人之間的關係來想比較自然。

這時我看到太刀洗手中的褐色信封中，還有另一張照片。

「那張照片是……？」

我以視線和言語探詢。

露出三分之一的那張照片拍攝的似乎是筆記本之類的。和這次事件有關的筆記本之類的物件，想必是遺書了。今天早上的電視雖然朗讀了好幾次遺書，但並沒有出現實際影像。

然而太刀洗卻面無表情地說：

「哦，這個待會再說。」

我立刻察覺到，她大概是顧慮到司機的存在。也就是說，那張照片應該是尚未公開的情報。太刀洗把褐色信封收回包包，改變話題。

「對了，你剛剛買的是信紙嗎？」

「是的。雖然是必需品，但是我剛好用完了。」

面對突發狀態，當事人會失去耐心。在這種時候提出採訪要求，也只會留下不良印象。

這時就要採用寄信的方式。如果是信件，對方可以等心情穩定下來之後再閱讀，而我們也可以用思考過的言語來說服。有時當然也會挑動對方緊繃的神經，但有時一封信也可能給予最起碼的慰藉，讓對方願意開口。

「找到適合的商品了嗎？」

「嗯，只有便利商店能買到的等級。」

「我準備了男性也適合使用的信紙，如果你不介意的話，請拿去使用。」

太刀洗從包包取出的信件採用仿和紙的紙質，勉強歸類的話，感覺比較偏女性化，不過的確即使是男性使用也不會太奇怪，更重要的是很有品味。線條之間的間隔很寬，也讓我很中意。如果每一行太窄，字體就會太小，整頁信紙都密密麻麻的，不適合寄給初次見面的採訪對象。

「謝謝妳。這個信紙真棒。」

「很高興你能用得上。」

我對於隨身準備這種信紙的太刀洗產生興趣。從外表判斷，她再怎麼年長也應該三十出頭，實際年齡大概只有二十幾歲。這麼說，和我屬於同一世代。

在計程車抵達目的地之前，我想要稍微問些關於她的事情。

「太刀洗小姐，妳是在東京工作吧？妳到這裡是為了採訪嗎？」

「是的。」

她的回答很簡短，過了一會兒，她似乎覺得太過冷淡，便補充一句：

「已經一個星期了。」

「這麼久！想必是很大的新聞吧？」

「這個嘛……」

太刀洗露出思索的神情。

「你知道去年三重縣教育委員會和縣議員收到好幾次炸彈吧？」

「嗯，知道。」

我當然記得。

議員收到炸彈是非常適合週刊的新聞。不過姑且不論炸彈，騷擾議員的案件其實很多，通常都沒有太深刻的背景因素。那起事件應該也是在騷動一陣子之後，就被人遺忘了。

「大概已經一年前了吧？」

「那是八月的事件，所以還不到一年。」

「我記得應該沒有人受傷，不過已經忘記詳情了。」

太刀洗點點頭，說：

「當時的報導宣稱是炸彈，不過實際上只是使用藥品製作的起火裝置。因為打開紙箱就突然燒起來，當事人一定感到相當恐懼，不過並沒有造成太大的傷害。郵件中也有犯人的留言，說是要對在議會打瞌睡的議員施以天誅，或是要教訓放任霸凌的教育委員會之類的，並沒有具體的要求。」

「哦，那就是取樂式的犯罪了。」

「搜查活動停滯了很長的時間，不過在重新調查做為點火劑的藥品出處之後，好像有了新的進展。」

「妳在調查這起事件？」

「是的。因為我是自由工作者，所以寫的題材很多。」

她雖然說得很輕鬆，但是如果沒有具體的採訪方向，不可能出差一個星期。這點即使是自由工作者應該也一樣……不，正因為是自由工作者，更不可能進行無謂的出差。投入龐大的住宿費，一定是因為抓到了重要線索。

我開始感到擔心。她花那麼多時間與金錢來採訪，請她擔任我的採訪聯絡人不要緊嗎？會不會因為大貫主編莫名其妙的請求，讓我干擾到她面臨關鍵時刻的工作呢？

我正想著這些事情，太刀洗突然說：

「至少不會今天就逮捕犯人，所以別擔心。」

「……那就好。大貫是不是勉強要求妳幫忙呢？」

「不。」

她停頓一下，又以喃喃自語般的聲音補充：

「我也有些在意的事情。」

我還來不及問她這句話的意思，司機便告知戀累快要到了。太刀洗自此就轉向車窗，沒有再開口。

我們大概只搭了十分鐘左右的車，卻已經來到頗為偏僻的山中。下了計程車，周圍生長著許多高大的樹木。我聽到急流的聲音，空氣中也瀰漫著水的氣息，就好像來到瀑布附近。計程車行駛過來的道路或許是新開闢的，柏油還很新。手機顯示無法收訊。

沿著大彎道設置的護欄外側，延伸出七、八公尺的懸崖，上面並排生長著兩棵枝葉茂密的松樹。地面長著稀疏的雜草，但也有許多泥土裸露的部分。這裡應該就是上條的發現地點。我拿出數位相機，拍了十張左右的照片。

除了我們的計程車，還有兩台計程車、一台轉播車、一台警車排成一列停在路邊。轉播車周圍很忙碌，似乎準備要開始攝影。

「請跟我來。」

太刀洗帶我到下游的方向。我從護欄往下看，在大約十公尺以上的高度下方，有一條細到感覺虛弱的河川。我把視線移到下游，看到在前方頗遠的距離有一座綠色的橋。

「那就是桑岡高伸的遺體勾到的橋嗎？」

「是的。」

那座橋距離上條茉莉的遺體被發現的懸崖，更往下游約兩百公尺。

橋上形成十幾個人的群眾，不知是來看熱鬧的，或者是媒體同行。我利用相機的望遠變焦功能拍橋，不過或許應該在更靠近的地方重拍比較好。

我們回到上條茉莉的屍體被發現的現場。

太刀洗瞥了兩棵松樹，說：

「那兩棵松樹被稱作夫婦松。」

「……過世的兩人很浪漫嗎？」

「也許吧。不過我有些懷疑，夫婦松這個名稱在高中生之間有多少知名度。聽說是這條路開闢的時候，鎮公所的農林課取的名稱。」

我純憑直覺猜測兩人應該沒聽過這個名稱。在戀累的夫婦松下殉情，這樣的舞台未免太剛好了。兩名高中生並不是在戲劇中死亡。

太刀洗淡淡地繼續說明：

「我等一下會把資料給你：現場除了寫有遺書的本子之外，還留下小型天文望遠鏡、紅葡萄酒的酒瓶，還有兩個塑膠杯。杯子裡剩下微量的葡萄酒。」

他們最後在這裡看星星、乾杯嗎？紅酒不是倒在葡萄酒杯，而是塑膠杯。

「發現屍體前晚的天氣是陰天。」

「……真悲哀。」

「是的。」

懸崖上開始電視轉播。我壓低聲音問：

「遺體是在星期六晚上六點左右發現的吧？」

「沒錯。」

「這麼說，自殺時間應該是星期五到星期六的晚間嗎？」

他們既然帶著天文望遠鏡，那麼應該是在夜晚執行自殺的。

太刀洗慎重地回答：

「還不知道。要等驗屍結果發表才能斷定。」

現在的確沒有必要急著猜測。死亡推定時間應該很快就會發表了。

我默默地在現場拍攝並記錄狀況好一陣子。我聽到河流的潺潺水聲。女學生在這座懸崖上方刺破喉嚨死亡，男學生的遺體則在河川下游發現。我在腦中重現這樣的情景，為了保險起見，問：

「上條茉莉是自己刺穿自己喉嚨的嗎？」

太刀洗首度有些遲疑地說：

「……這一點也還不清楚。」

我感到背脊一陣涼意。

「有可能是桑岡刺的嗎？」

「不能排除這樣的可能性。」

我忍不住想要大聲詢問，但顧忌到附近仍舊在進行電視轉播，便壓低聲音：

「這麼說，也有可能是桑岡高伸殺害上條茉莉之後，自己從懸崖跳下去投河自殺。」

「當然也不無可能，不過現在死因都還沒有公布。現階段無法做出任何結論吧？」

話是這樣說沒錯，但是在警察公布之前認定一切都未明，那也太極端了。太刀洗之所以如此要求自制，會不會是因為掌握某些內情？

我重新檢視上條被發現的懸崖與桑岡被發現的河川下游。在得到情報時我就感到有些奇怪，不過此刻站在現場，違和感與疑惑越來越強烈。

桑岡高伸與上條茉莉在筆記本上寫著兩人要一起尋死，然後實際上兩人都已經離世了。但是為什麼屍體發現地點會分隔兩地？都已經決定要一起尋死，為什麼會分別死在懸崖上與河裡？為什麼會選擇不同的自殺方式？

或者也可能是這個問題本身就有錯誤……

當我沉思時，一旁的太刀洗緩緩看了手錶。

「約定時間是兩點，差不多應該要過去了。」

「……我知道了。」

我們離開懸崖，走向計程車。

在距離其他採訪陣營充分的距離之後，太刀洗突然停下腳步，打開掛在肩膀的包包。她從褐色信封抽出一張照片。這張照片想必就是在來這裡的計程車上瞥見的那張。

「因為只有一張，現在沒辦法交給你，不過請你看一下這張照片。」

正如我猜測的，這是筆記本的照片。

「本子上除了已公布的遺書，最後面的部分還有這段文字。」

從筆跡看來，無從判定是桑岡或上條寫的。歪七扭八的字體簡直就像是亂寫的，上面只有一句話。

救命。

4

在回到市區的路上，我問了計程車司機兩人就讀的縣立中勢高中風評。司機先前等了很久也沒有不悅的表情，不過對這個問題倒是面有難色。

「風評嘛……應該說是普通吧。太笨的學生進不去，可是真正學業好的學生通常都會到津市就讀。學校裡當然也有比較胡鬧的學生，不過風評並不是特別差。」

「這是一所新學校嗎？」

「不是，很老了。之前好像才慶祝一百週年。唉，總之……」

司機最後以感傷的口吻說：

「這種事情是第一次發生。希望不要再有第二次了。」

車內的對話就此停止。太刀洗不知在想什麼，一直看著車窗外，司機也不打算主動開口。我則想著其他事情。

留下遺書的本子上那句「救命」到底是什麼意思？

桑岡高伸和上條茉莉兩人被認為是自殺死亡，那麼為什麼要寫下求救的文字呢？如果兩人的死是他殺，這起事件就更加悲慘，但至少還容易理解。如果是因為被人攻擊而寫下「救命」，事情就說得通了。可是他們在其他頁上寫的文字明顯是自殺前的遺書。那些文字沒有曖昧之處，不會因為不同解讀方式就有可能不是遺書。「我和茉莉決定去死」、「能夠到另一個世界」——兩人寫下的句子明確意味著死亡。難道是出現完全不相關的第三者，攻擊已經決定自殺的兩人？

怎麼可能。再怎麼說也很難想像會有這種情形。如果有這麼重大的嫌疑，各家媒體報導應該會稍微節制一些。電視和報紙都以自殺為既定路線來報導，代表警方完全沒有懷疑是第三者的他殺。

我想到另一種非常簡單的可能性：

「太刀洗小姐，或許那段文字和自殺毫無關係，是在前天之前寫下的。」

但她很明快地回答：

「本子是新的。學生應該有很多筆記本，可是他們為了寫遺書，特地準備了新的本子。我不認為他們會在上面先寫下遺書以外的文字。」

如果說那本筆記本是新的，那麼就如太刀洗所說的，不太可能會在寫遺書之前先在上面寫下「救命」。那麼該如何解釋？不論如何，兩名高中生當中，至少有一人是在希望得救的心情下死亡……

不，我得切換思考方式。就如太刀洗所說的，死因和死亡推定時間都還沒有公布，想東想西也沒有用。現在應該專注於採訪對象才行。

我雖然這麼想，但臨死之際拚最後一口氣寫下的「救命」仍舊烙印在我腦海中，一直揮之不去。

為了和老師見面，太刀洗在鎮上唯一的一家商務旅館借了整間會議室。

這間會議室很大，平常大概可以開十幾個人的研討會。室內沒有桌子也沒有椅子。我拿了三張疊放在房間角落的折疊椅，面對面排好。空曠的房間讓我感到很不自在。即使如此，想到老師可能會顧忌被他人看到，我也很佩服她找到這麼好的場所。

從發現遺體的地點到商務旅館，比我想像的更近。我們進入會議室時，距離約定時間還有二十分鐘左右。在這段期間，太刀洗告訴我有關採訪對象的詳細資訊。約在兩點到達的老師名叫下瀧誠人，五十三歲，教現代國文。他是去年上條茉莉的導師。

「今年呢？」

「今年他也擔任一年級的導師。」

如果能夠採訪到現任導師當然更好，不過大概也不能奢求吧。

下瀧誠人遲到了十五分鐘。

他的服裝非常正式，穿著西裝並繫著偏寬的領帶，潔白的襯衫沒有一絲皺紋。他的身體結實而偏胖，臉孔看起來有些純真，但眼神卻凶狠銳利而給人高壓的感覺。他進入會議室時稍稍點頭致意，但沒有為遲到而道歉或說明。他無言地坐在我們準備的折疊椅上。當我們拿出名片夾，他才想到要站起來。

太刀洗站在我們之間。

「很高興你願意在假日撥空前來。這位就是我先前提到的《深層週刊》編輯部的都留先生。」

「我叫都留正毅，請多多指教。」

下瀧說：「啊，你好。」

他收下名片，但眼神卻不安地飄移，似乎在猶豫把自己的名片交給記者會不會有麻煩，或者也可能單純只是因為缺乏交換名片的經驗而困惑。如果讓他感到太過不安，會影響到接下來的採訪，因此我比了手勢對他說：「請坐。」下瀧似乎鬆了一口氣，再度坐在折疊椅上。

太刀洗並沒有報上名字，也沒有遞出名片，或許是在安排見面時間的時候就打過招呼了。她等我坐下之後，也坐在椅子上。

我首先鞠躬說：

「謝謝你特地來此一趟。我聽太刀洗說，你去年是上條同學的班導師。很遺憾發生這樣的事情。」

下瀧緊張的表情突然蒙上陰影。

「他們都是好孩子。不只是上條，我也當過桑岡的科任老師。這次的事情真的是太令人遺憾了。」

他的聲音冷靜但帶有沉痛的感情。

我從胸前的口袋取出錄音筆，拿給下瀧看。

「請問可以錄音嗎？」

「……哦。」

他果然對接受採訪有些警戒，遲遲沒有回答，想了十秒左右才說：「請便。」

我按下錄音筆的開關，打開記事本。

「我想太刀洗應該也對你說過，我們並不想要針對過世的兩人寫些穿鑿附會的新聞。只是因為這次事件引起社會上很大的關注，為了不讓他們的名譽受損，所以希望能夠讓大家了解事實。」

下瀧瞪了我一眼。

「你說得很好聽。可是如果事實本身會傷害他們的名譽呢？」

「即使是事實，我也不會寫出毀損名譽的報導。畢竟他們也是未成年，我們會很慎重地處理新聞。」

「我當然也希望如此。」下瀧嘆了一口氣。

「你這麼說，是意味著他們有什麼不名譽的事情嗎？」

「……既然不寫，那就沒必要問吧？」

「的確，不過如果沒有掌握相關事實，有可能最終寫出錯誤的報導。」

下瀧以苦澀的表情搖頭。他的動作有些戲劇化。

「我明白，可是我只是打個比方而已，並不是真的有什麼事情。你可以理解吧？」

他的說法總讓我感到在意。有部分原因是他那種老師教學生般教誨的口吻讓我反感，不過更重要的是，他似乎是在找藉口。難道說桑岡和上條真的有什麼不名譽的事情？

不過我把這個疑問放在心裡，在此先擱下。如果因為太過追根究柢，惹得下瀧不開心，那就得不償失了。

「我知道了。很抱歉。」

我鞠躬之後又說：

「老師，我想要請教他們在學校的情況。上條同學是什麼樣的學生？」

「那孩子啊……」

下瀧交叉雙臂，從鼻孔深深吐氣。他的眼神仍舊像是在瞪我一般。

「上條是很乖的學生，總是笑咪咪的，班上的事情也毫無怨言地接下。那麼好的孩子……太悲慘了。」

「班上的事情，比如說是哪方面呢？」

「她是班長。」

她或許真的是個好孩子，不過也可能是那種被分配到討厭的工作也不敢拒絕的學生。我試著稍微追問：

「她在學校有沒有任何異狀？」

「什麼意思？」

「也就是說……雖然在老師面前很難啟齒，可是目前還沒有找到原因。我想要問的是，上條同學在學校的生活有沒有問題。」

下瀧仍舊板著臉，但沒有畏縮的樣子。他不改傲然瞪我的眼神，說：

「你是指，有沒有遭到霸凌嗎？」

「是的，有沒有這種可能？」

這時下瀧皺起眉頭，說：

「不，沒有這回事。我雖然不敢保證本校沒有任何霸凌行為，可是上條的朋友很多，不是那種被孤立的孩子。」

「我不會把老師的名字寫在報導中。」

「我不是以中勢高中老師的身分才這麼說的。我確實沒有聽說過霸凌的情況。」

我點點頭。其實我已經完全排除了因為受到霸凌而自殺的可能性。我之所以詢問，只是要姑且確認一下。

我把記事本翻到下一頁，說：

「我知道了。那麼關於桑岡同學呢？」

下瀧皺起眉頭。

「這個嘛，我不是他的級任導師，所以也沒辦法很確定地評論，不過他不是那種乖乖聽人指導的類型。我也覺得他給我有些厭世的印象。」

我停下筆，抬起頭，直視下瀧看著我的雙眼。

「……厭世？比方說，他會提到想死？」

「我沒有這麼說。」

下瀧聳聳肩，似乎覺得無可奈何。

「我只是談到我的印象。」

接下來我又試著提出幾個問題，但沒有得到特別有用的情報。

上條的學校生活和為人變得稍微鮮明。關於桑岡我還想多問一些，但下瀧似乎並不清楚。

「謝謝你。我得到很好的參考。」

我鞠躬想要結束採訪的時候，原本一直保持沉默的太刀洗忽然插嘴：

「下瀧老師，我也可以問一個問題嗎？」

「嗯？好的。」

下瀧大概以為太刀洗在這次會面中不會發言，因此顯得有些意外。她以低調而輕描淡寫的態度詢問：

「你在這所中勢高中待很久了嗎？」

「是的，已經三十年了。」

我感到吃驚。公立學校的老師調動非常頻繁，很少聽說在同一所學校待三十年的。太刀洗似乎也頗為詫異，問：

「這樣的確很久。沒有遇到人事調動嗎？」

下瀧蹙眉回答：

「我祖先的田地在這裡，校方也了解我的情況。」

「既然待這麼久，對學校內部情況應該很熟悉吧？」

「嗯，我自認是中勢高中的活字典。」

太刀洗只問了這些就點頭致意，說：

「原來如此。謝謝你。」

她說完又恢復沉默。

我瞥了她一眼。她完全沒有看我，從她的表情也看不出她在想什麼。下瀧任期之久令我感到意外，不過我很難想像和這次事件有關。我和下瀧面面相覷，大概都對於剛剛的對話感到不解。

總之，目前已經沒有別的問題可問了。我懷著有些失落的心情，對他說：

「……今天很感謝你撥空接受採訪。」

5

我原本向下瀧提議，這次採訪的報導刊登之後會寄當期雜誌給他，但他立即回絕：「不，不用了。」送到學校會造成困擾，而他大概也不想告訴我住家地址。他頭也不回就走出會議室。

我停下錄音筆，嘆了一口氣。

「接下來呢？」

「同樣是中勢高中的老師，名叫春橋真。他擔任物理老師，沒有教過桑岡和上條的班級，而是社團顧問。約定時間是四點。」

我看看手錶，已經兩點五十分了。時間上有些空檔，但這也是無可避免的。如果把兩人的採訪時間安排得太近，有可能讓下瀧和春橋碰到面。雖然也可以換個採訪地點，不過在人生地不熟的這座小鎮，應該很難再找到像這間會議室的場所。

「就我稍微談過的印象，春橋真的個性似乎很輕浮。我提出採訪請求的時候，他最先問我的是可以出多少錢。我沒有告訴他金額，不過已經告知他會有禮金。」

「我知道了。」

原則上，採訪時不會支付禮金，免得有人會為了賺錢而編出故事，不過有時候還是會以採訪協助費的名義支付謝禮。我的出差用手提箱裡隨時都準備了禮金用的信封，這次裡面放了兩萬圓。

我環顧空曠的房間，問：

「這間房間借到幾點？」

「一直借到五點。如果你累了，可以稍微休息一下。」

「妳呢？」

「我得去其他地方，所以要暫時離開。」

我雖然不認為她會偷跑，但還是本能地湊向前說：

「如果是要去採訪……」

「不是。」

太刀洗若無其事地說。

「我沒吃午餐，所以要去吃點東西。」

就這樣，我獨自度過一小時的空檔時間。

我到飯店的大廳，邊喝罐裝咖啡邊看午間新聞。如果是平日，這條新聞應該會在八卦節目中大幅報導，但是星期日的中午只有ＮＨＫ在播報新聞。ＮＨＫ當然不會使用「戀累殉情」這種煽情的標題，只是由主播淡淡地念出警察公布的內容。我仔細盯著其中有沒有新的情報。

新聞中沒有提到筆記本最後面寫的「救命」。我原本以為是來不及編輯，但是在講究速度的電視新聞，不太可能發生這種事。在電視新聞中，即使開始播報之後，只要遞給主播一張紙，就能插入最新消息。這麼說，那句「救命」目前很有可能是太刀洗的獨家消息。我心中浮現幾種念頭：對於太刀洗比電視台更早取得新情報感到佩服，對於她如何取得這項情報感到疑慮，想到自己如果不是週刊記者而是電視或報社記者，就可以及早報導獨家新聞，又感到懊惱。另外還有些微的不快……大概是嫉妒吧。

我只得到一項有用的情報：上條被發現的現場沒有爭鬥的痕跡。如果真的沒有爭鬥，就不可能是因為被第三者攻擊而寫下「救命」。那麼究竟是怎麼回事？我想像著各種情況，不知不覺就過了一個小時。

春橋真雖然被評為個性輕浮，但是在四點準時出現。

他的服裝很休閒。上半身雖然穿了西裝外套，但下半身穿的是牛仔褲和運動鞋，而且外套裡穿的是T恤。我不禁拿他和穿西裝打領帶的下瀧做比較。

「很感謝你在假日接受採訪。我叫做都留。」

我遞上名片，春橋便笑嘻嘻地收下，然後稍稍點頭。

「謝謝。很抱歉，我沒有準備名片。」

「不不不，請別在意。」

他的態度很從容，似乎對於這樣的場面頗有經驗。或許他在擔任教師之前做過其他工作。我們進行例常性的寒暄之後，三人都坐在折疊椅上，春橋便主動開口：

「你們想要問什麼問題？」

他的表情很隨便。他臉上淡淡的笑容讓我感到在意。我告知要用錄音筆錄音之後，打開記事本。

「春橋老師，你是天文社的顧問，而過世的桑岡高伸和上條茉莉都是社團成員，對不對？」

「嗯，的確。不過因為尊重學生的自主性，所以雖然說是顧問，也只是名義上而已。」

看他如此泰然自若的態度，或許真的只是名義上的顧問，和兩人的關係也很淺。

我邊動筆邊問：

「我想請教桑岡高伸和上條茉莉在學校的情況。」

「情況？這個問題還真空泛。」

他的口吻有些帶刺，不過或許是因為聽到學生的名字，他的表情變得稍微收斂。

「上條是個對事物敏感、纖細又溫柔的學生。她常常說有太多悲傷的事情而哭泣。明明已經是高中生了，卻還像國中生一樣。」

我不太理解像國中生的比喻是什麼意思。更引起我注意的是她常常在哭這一點。

「比方說，有什麼事讓她悲傷？」

「這個嘛，比方說……」

春橋臉上泛起嘲諷的笑容。

「現在看到的星星其實是幾萬年前綻放的光芒，令人感到悲哀……之類的。」

我寫下他說的話。

「桑岡這個人就像一般不太常和人交往的類型，是個浪漫主義者。他還曾經隨身攜帶刀子。」

「刀子？」

在發現上條遺體的懸崖上，也找到被認為是刺穿她喉嚨時使用的刀子。我重複春橋說的話進行確認。

「桑岡平常就隨身攜帶刀子嗎？」

「我說過了。發現的時候我有警告過他。」

「沒有沒收嗎？」

春橋聳聳肩說：

「我不是負責指導學生行為的老師。」

即使如此，至少也可以沒收刀子吧？我雖然這麼想，但春橋大概不想做那種事。

我繼續詢問：

「你看到的刀子和遺體發現地點找到的刀子是同一把嗎？」

春橋揚起嘴角笑了。

「這個嘛……我沒有看到現場的刀子。」

原本一直沉默的太刀洗立刻從包包取出照片。照片中是掉在地上的折疊刀，刀柄是黑色的，刀刃從中間折斷。春橋拿起照片瞥了一眼，點點頭。他把照片還給太刀洗，以充滿嘲諷的語氣說：

「總之，他就是那種個性。他大概真心希望能夠飛上月球。」

這句意料之外的話讓我不禁拉高聲調問：

「月球？」

「沒錯。他說他想要從月球俯瞰地球。」

我不知道能不能完全相信春橋描述的兩人形象。桑岡和上條或許真的都是純樸的青少年，但是如果說為了星星太過遙遠而哭泣、或是想要飛上月球，未免有些太誇張了。該不會摻雜著創作成分吧？

「還有……」

春橋忽然壓低聲音。

「對了，他還問過我，要怎麼死才不會痛苦。」

我不禁湊向前問：

「那是什麼時候的事情？」

「嗯……是在第三學期。好像是一月吧。」

從時間點來看，那或許不單純只是個性古怪的男生隨口閒聊，而是認真考慮到自殺才提出的問題吧？春橋似乎也發覺到這一點，總算露出有些尷尬的表情。

「請問你怎麼回答？」

「我說應該是老死吧。可是他似乎不喜歡這個答案，沒有再問過我，不過……」

春橋說到一半，沒有說完。如果繼續接下去，大概就是指桑岡沒有再問過，但沒想到他真的認真在考慮。

我把記事本翻到下一頁。

「其他還有什麼事情？」

「這個嘛……」

他擺出思考的姿勢，然後突然斷言：

「他們對現實缺乏應變能力，讓人看了都感到心煩。」

「……比方說？」

「那兩人在交往。這點非常清楚。可是他們最近好像有什麼煩惱。有煩惱當然沒什麼，可是他們卻投入到一般難以想像的地步。比如說蹺課，或是在小考教白卷。我不知道他們的煩惱有多嚴重，可是考試拿零分也不能解決問題吧？」

他說完笑了。

春橋雖然說不知道他們的煩惱有多嚴重，但實際上卻嚴重到逼他們尋死。這一點一定要好好調查才行。

「你知道兩人的煩惱是什麼嗎？」

我問春橋，但他不知為何立刻變得不高興。

「我沒聽說。」

「那麼你覺得誰有可能會知道？」

「桑岡好像去找過一年級的班導師，談了很多事情。」

從他的口吻，我大概可以猜到他不高興的理由。他大概是因為桑岡跳過自己去找其他人商量，因此感到不開心吧。或許春橋原本希望能夠和桑岡與上條像朋友一樣相處。

「我想確認一下，是桑岡一年級的級任導師嗎？」

然而春橋簡短地說：

「不是，是上條的導師。」

我不禁回頭看太刀洗。上條一年級的導師，不就是剛剛見到的下瀧嗎？桑岡找過下瀧談自己的煩惱……這個不容忽視的自由工作者難道連這樣的關聯都知道，所以才安排採訪下瀧？她在一天之內就調查得這麼深入？

太刀洗本人則張大眼睛，顯而易見地表現出驚訝。

之前幾乎完全沒有流露感情的太刀洗竟有如此大的反應，讓我也感到吃驚。她注意到我的視線，便立刻收回表情，然後緊閉嘴唇稍稍搖頭。看來大概純屬偶然。

下瀧如果知道桑岡的煩惱，為什麼沒有說出來？我不禁咬牙切齒。不過回頭想想，與其說是下瀧沒有說出來，不如說是我沒有問。我明明察覺到下瀧好像知道什麼，卻沒有追問下去。當然，在採訪他的時候，我並不知道桑岡曾經找過下瀧商量，但還是得承認自己太遲鈍了……這是我的失敗。

我壓抑內心的懊悔，繼續提問，但從春橋口中沒有再問出新的情報。我闔上記事本，向他鞠躬。

「謝謝你的協助。」

「不客氣。」

春橋也坐在折疊椅上鞠躬。

「還有，之前聽說……」

「是的，那當然。」

我從皮包取出裝有採訪協助費的信封。我感覺到春橋的視線落在我手上。這時太刀洗忽然像是剛想到般詢問：

「對了，老師，您是那所學校的理科主任吧？」

「嗯？對呀。」

春橋似乎沒有預料到這個問題，只能曖昧地回答。太刀洗又接著問：

「從什麼時候？」

「從今年開始。之前擔任主任的老師今年退休了。」

「管理設備用品很辛苦吧？」

「嗯，的確。前任的老師有點……太隨便，所以我得全部重新清點。」

春橋這樣回答，但似乎感到有些奇怪，皺起眉頭問：

「有什麼問題嗎？」

「不……我聽說三重縣要強化學校的設備用品管理，因此想到可能會很辛苦。」

春橋苦笑著說：

「畢竟有些標本拿去賣的話，的確可以賣到好價錢。當然得清點剩餘數量了。」

我默默地聽他們的對話。

即使是臨時編的藉口，但是說自己對設備用品管理有興趣，未免也太拙劣了。

結束兩件採訪之後，我看看手錶，已經過了四點半。此刻要結束工作還太早。我收拾折疊椅，伸了一個大懶腰。太刀洗深深鞠躬，對我說：

「很抱歉，我安排的採訪到此為止。」

「不，已經足夠了。」

太刀洗在接到大貫主編請求安排採訪之後，在我到達中勢町之前應該只有幾小時的時間。考慮到這一點，成果已經非常豐盛。

「妳接下來打算做什麼？」

「我要回到自己的工作。」

她不是為了「戀累殉情」、而是為了其他案件而來到這座小鎮。雖然不能勉強，不過我失去了非常可靠的戰力。接下來就得跟平常一樣，自己一個人進行採訪。

我首先想要聯絡家屬。現在應該還無法和兩人的雙親及兄弟姊妹談話，但我仍舊不能不去他們的住處。地址應該可以問太刀洗。還有，我也想要聯絡太刀洗給我名片的那位《伊志新聞》記者。宣布驗屍結果的記者會應該快要舉行了，對於沒有加入記者俱樂部的週刊雜誌來說，報社記者雖然是同業，但也是有力的情報來源。另外，我也希望能夠在今天之內確定報導頁數。

「這麼緊急的請求，還有勞妳進行各種安排，真的很謝謝妳。妳幫了我很大的忙。」

我向她道謝，她只是很平淡地說：

「別客氣。我也得到很有意義的收穫。那麼我先告辭了。」

她說完便轉身離去。

6

晚上七點，中勢警察局舉行了關於驗屍報告的記者會。

由於週刊記者無法進入會場，因此我只能先到警察局，然後耐心等候有可能告訴我記者會內容的人走出來。中勢警察局容許週刊記者和自由工作者進入記者會會場所在的三樓走廊。也因此，在緊閉的門前，有十名左右的記者在等候。

遺體發現地點雖然也有電視和報社記者，但沒有看到週刊記者。這種新聞不可能沒有人去採訪，所以大概只是恰巧沒遇到。不過在此刻，各家雜誌記者果然都齊聚到警察局。這種事件通常遇到的都是認識的人，這次也不例外。

其中一個叫戶田的男記者和我年紀相仿，每次見面都會聊很多。他以格外深刻的表情走近我，說：

「嗨，都留，辛苦了。」

「辛苦了。怎麼了？有什麼問題嗎？」

「好像真的有些問題。」

不太親近的同業聽到戶田的口吻，也逐漸靠過來。在這種場合交換情報是互相的。無法進入記者會的人必須彼此幫忙。如果是獨家消息，當然又另當別論。

戶田沒有刻意壓低聲音，搔著頭說：

「那個女生好像懷孕了。」

「哦……」

我雖然如此回應，但並不感到意外。上了高二，這種事應該也會發生。照片中的上條茉莉雖然顯得很純樸，不過這一行做久了，對於清純派的女生懷孕也不會感到特別意外。

問題在於這件事是否與動機有關。

「父親是桑岡吧？他們是為此感到痛苦，所以才……」

說到這裡，我發覺到自己的說法有問題。年輕人因為苦於懷孕而自殺，在以前或許會發生，但最近卻沒有聽聞。而且兩人並沒有在遺書中提到這類事情。他們是因為「沒想到這世界是如此惡劣的地方」而死的。

戶田扭曲著臉，顯出苦澀的表情。

「如果是那樣還好一些，可是不是那回事。好像是被親戚強暴的。」

「……太過分了。」

「雖然不知道是嫡系或分支，不過總之就是被長輩強暴而懷孕，然後雙親竟然決定保持沉默。」

我感覺到胸口好似鬱積著黑暗黏稠的液體。我雖然原本就對這次的事件感到很難受，但沒想到會聽到這麼令人作嘔的事情。

「那麼桑岡又扮演什麼樣的角色？」

「他似乎想要幫那個女生。他跑到上條家裡，又跑去找元凶的歐吉桑理論。然後被狠狠教訓之後，理解到沒有人會站在他們那邊。所以才想要去死……」

我仍舊無法接受。我不願認為在這種情況當然會想要自殺。不過我充分明白了桑岡和上條選擇自殺的理由。

「你竟然能查到這種消息。」

我誇獎戶田，他便悻悻地轉頭說：

「不是我調查的。是報社的人告訴我的。他們很有錢，可以找到住在大阪的上條的哥哥，從他口中問出情報。」

這樣的情報當然不能只是輾轉聽來，還得再自行採訪，不過殉情的原因大概已經確定了。

接著戶田抬起視線看我，好像在說接下來輪你了。他問：

「你那邊有什麼情報？」

「嗯，有一些。」

我感到有些猶豫，不過還是告訴他本子上留下「救命」訊息。這不是我自己採訪到的情報，而是太刀洗發現的，所以我感到有些罪惡感，不過如果是寫在筆記本上的文字，遲早會公布出來。無法獨占的情報還是拿出來交換比較好。

戶田聽了我的話，發出沉吟聲。

「『救命』……？感覺好像別有含意。」

「你有聽過自殺時還會留下『救命』的訊息嗎？」

「我沒聽過。對了，會不會是……因為遇到那種惡劣的事，所以在筆記本上寫下這幾個字，然後又忘記了，拿同一本筆記本寫遺書？」

看來大家想到的都一樣。

「我一開始也這麼想，可是好像不是。」

戶田交叉手臂，嘆了一口氣。

「這樣啊。真是令人難受的事件。」

「嗯，的確。」

這時門內傳來騷動聲。

聚集在走廊的同業、包括我和戶田在內，全都同時轉向記者會會場的門。沒有人走出來，但低沉的議論聲並沒有停止。

「好像發生什麼事了。」

戶田以不太起勁的聲音，說出不說自明的感想。

我抓住從會場走出來的《伊志新聞》記者打聽消息，得知警方公布了寫有遺書的筆記本上也寫了「救命」的訊息，但沒有針對懷孕發表任何評論。或許是因為事關死者隱私，所以格外慎重處理。從現場狀況來看，並沒有第三者殺人的可能性。警方暗示刺殺上條茉莉的幾乎可確定是桑岡高伸，並提及這次自殺仍保留委託殺人的可能性。

接著我聽到騷動的理由，不禁懷疑自己的耳朵。

有關兩人的死因，根據先前的發表，上條茉莉是因為喉嚨傷口造成失血死亡，桑岡高伸則是溺死，然而不只是如此——兩人體內呈現中毒反應。現場留下的葡萄酒和杯子都檢出黃磷。

也就是說，「戀累殉情」也是服毒自殺。

他們在服毒之後，桑岡刺死上條，然後再從懸崖跳河。針對現場狀況所建構的想像都被推翻了。我可以理解記者會會場為什麼會發生騷動。毒物、刀刃和懸崖三個要素，似乎展現了桑岡高伸與上條茉莉追求死亡的強烈意志，令人聽了毛骨悚然。

我想起太刀洗在戀累懸崖上說的話。她數度阻止我妄自猜測事件經過，對我說：

「現階段無法做出任何結論。」我當時只覺得她過度謹慎，但或許並非如此。

她會不會早已察覺到什麼？

「我之前就察覺到了。」

太刀洗很乾脆的承認。

記者會之後，我和太刀洗在中勢町規模甚小的飲酒店聚集區一角、空間不大的一家餐廳見面。我先前打電話向太刀洗確認明天的預定行程，她剛好一個人在喝酒，便邀我過來。店內雖小，但整理得很乾淨，吧檯座位也很舒適。我們並肩坐在一起，我喝啤酒，太刀洗喝日本酒。由於客人只有我們兩人，便大剌剌地談著不適合在飲酒時談論的話題。

太刀洗以伊勢灣的海鮮做為下酒菜喝酒。她夾起看似鰈科的生魚片，輕抹一下醬油端進嘴裡，然後又喝酒。她放下酒杯之後，沒有看著我，像是喃喃自語般說話。

「你不覺得奇怪嗎？上條的遺書特地寫著『能和高伸手牽手到另一個世界』。兩人應該是決定在同一個場所一起赴死。他們甚至還帶了天文望遠鏡，想要觀賞他們喜歡的星星，然後死得很美吧……可是實際上，上條死在懸崖上，桑岡則死在河裡。兩人的遺體在不同的地方發現。為什麼？這是這次事件當中最難解的部分。我一直在想這個問題的答案。」

我也不是沒有想過這個問題，但是卻沒有得到答案。

「為什麼呢？」

「我想到幾種可能性。」

她又喝了一口酒，然後用不帶感情的聲音繼續說：

「最有可能的答案，就是難以忍受痛苦。他們原本想要一起赴死，但死亡的過程太痛苦，因此桑岡為了讓上條得到解脫才拿刀刺她，自己也為了早點解脫而從懸崖跳下去。把他們逼到那種狀況的原因是什麼？……我想起了留在現場的葡萄酒。」

「我以為他們是想要在最後飲酒乾杯。」

「我認為他們把毒藥放在那裡面。」

太刀洗拿起酒器替自己倒酒，看著搖晃的酒面，問我：

「聽說毒藥是黃磷，是嗎？」

我點頭。

「黃磷具有接觸空氣就會起火的性質，因此可以理解為什麼要加在酒裡搬運。」

是誰提議要帶葡萄酒的？桑岡高伸是個憧憬月球、隨身攜帶刀子的少年。如果是他，在離開對他們來說太殘酷的這個世界時，大概會想要準備葡萄酒這種風雅的小道具吧。然而不知為何，我總覺得應該是上條茉莉提出的。沒有任何理由。

太刀洗把酒喝乾，說：

「黃磷的毒性雖然很強，但不會立即致命。他們沒辦法迅速死亡。服用之後過了一個小時左右，藥效出現，症狀第一階段是劇烈嘔吐和痙攣。這個症狀會持續八個小時以上……他們非常痛苦。」

我太遲鈍了。我這時才終於發覺：

「原來那個『救命』指的是……」

「他們在掙扎中忘了赴死的決心，或許也後悔服下毒藥。然而在戀累那一帶收不到手機訊號。他們無法求救，又因為毒藥發作而無法動彈，理解到自己已經無計可施。『救命』想必就是在那時候寫的。就是因為無法向任何人求救，才會寫下無法傳達給任何人的訊息。

桑岡之所以刺殺上條，不知道是因為受到懇求，或者是看不下去上條痛苦的樣子。無論如何，桑岡刺死了上條。」

毒藥無法帶來安詳的死亡，迫使桑岡必須刺死上條。這應該是他們不曾預期的情況。桑岡的刀子並不是特地準備的，而是平時就帶在身邊的。或許因為原本就是便宜貨，或許因為桑岡最後卯足的力氣太大，刀子折斷了。他無法和上條用同樣的方式尋死。

「於是他就自己跳入河裡。」

我無言地喝著啤酒。

對於桑岡高伸和上條茉莉來說，殉情應該是最後的逃避，但連這件事都無法順利進行。他們大概想要優美地像入睡般死去，然而即使是這個終極的願望，也被如此慘烈地背叛了。不論是神佛都可以，難道都沒辦法救他們嗎？

我們默默無言地各自夾菜喝酒好一陣子。這段沉默就像是獻給兩名高中生的默禱。

太刀洗突然開口：

「這起事件變質了。」

我沒有說話，看著她的側臉。

「在今天早上的階段，問題在於發誓一起尋死的兩人屍體為什麼在不同地點被發現。然而現在的問題卻在別的地方。」

「讓上條茉莉懷孕的是誰？」

這件事當然會成為焦點。明天早上採訪陣營大概就會殺到住在大阪的上條哥哥那裡。或許今晚就殺過去了。

然而太刀洗卻立刻斷言：

「不對。」

對於《深層週刊》來說，讓上條茉莉懷孕的男人身分無疑是很重要的關注焦點。不過太刀洗既然否認，應該是看到了別的事情。

「不對，不是這樣的……都留先生，你知道黃磷是劇毒嗎？」

面對突來的問話，我感到困惑，但還是回答：

「不知道。我知道紅磷是製作火柴的材料，可是我甚至不知道有黃磷這種東西。」

「沒錯，黃磷並不算是有名的毒藥。那麼桑岡和上條為什麼會選擇它？他們是在哪裡取得這種藥物的？」

「這個……」

聽她這麼說，的確很奇怪。

我停下筷子，說出心中想到的可能性。

「桑岡既然會隨身攜帶刀子，或許是那種容易被黑暗事物吸引的男生。也許他看過介紹毒物的書籍或網站吧？」

太刀洗盯著沒有倒酒的杯子說：

「那也不對。」

「為什麼？」

「兩人知道黃磷是致命的毒物，但是卻不知道症狀出現得很晚，而且症狀出現之後會很痛苦。為什麼？他們是在哪裡得到這麼半吊子的知識？」

我無法回答。我想到也許是他們參考的網站資訊不完整，但是要說只有記載這是致死毒物、而沒有寫出症狀方面的資訊，仍舊感覺很牽強。這的確是值得探討的問題：為什麼是黃磷？桑岡和上條又是在哪裡入手的？

「應該……只有這個可能了。」

太刀洗喃喃自語，然後突然轉向我。或許是因為喝了酒，她的臉頰泛紅，但眼神仍舊很犀利。

「都留先生，我理解你明天的優先事項是聯絡住在大阪的上條茉莉哥哥。不過身為採訪聯絡人，我想要提出一個建議。」

採訪的主導權在我，然而我卻無法拒絕她，對她說我自己來決定方針。我對於這個自由工作者開始產生挑戰同一事件的戰友般的共鳴。她的建議應該很值得聽從。

「妳有什麼建議？」

「明天下午三點開始，請空出時間。我想那應該是關鍵時刻。我會事先收集情報，不過如果沒辦法採訪，我會在十二點之前聯絡你。」

我等她繼續說下去，但她就此打住沒有說話。

如果能夠進行有益的採訪，我當然不吝惜挪出時間。雖然去大阪採訪的行程會延遲，但也可以說服自己是在所難免。然而若要接受太刀洗的提案，她的說明未免太少了。

「……妳預定的是什麼樣的採訪？」

至少要知道這一點，我才能挪出時間。我如此暗示她，但太刀洗卻毫不理會。

「這點我也會在明天告訴你。畢竟也有可能無法順利進行。」

接下來她再度開始替自己倒酒，彷彿表明今晚不打算說得更多。

我想起在新幹線上聽到主編對太刀洗這個人物的評價——她的個性有點古怪，但是腦筋很聰明。

她的確給我這種感覺。大阪那邊可以想其他辦法，明天我就賭在這位說明不足的搭檔身上吧。我下定決心，將啤酒一飲而盡。

7

對於報社和電視記者來說，早上和晚上是決定勝負的時間。

如果要利用情報來源人物不在職場或學校的時間，一定會變得如此。有時會埋伏

『支援？』

他的聲音變得嚴厲。我也知道《深層週刊》編輯部處於人手不足的狀態，此刻應該沒有多餘人力，但既然決定要賭賭看，就只能硬著頭皮要求了。

『你真的沒辦法獨自完成嗎？』

我吞嚥口水，說：

「這裡出現不能錯過的變化。我無法離開，所以希望能請別人來負責大阪的工作。我會把資料傳回去。」

「變化？你掌握到什麼情報了嗎？」

「是的。」

現階段我還沒有掌握到任何情報，不過現在是虛張聲勢的時候。我大言不慚地說：

「到了傍晚，我就可以傳回驚人的情報。」

主編沒有說話。他的沉默就是最好的解釋：我的虛張聲勢完全沒有效果。不久之後，他以無奈摻雜苦笑的聲音說：

『我不是叫你要掌握主導權嗎？竟然乖乖被利用了，真是拿你沒辦法。』

「哦……」

『不過這也是你的判斷。我知道了，好吧，我會叫橫田去大阪。』

橫田上星期連續兩天通宵熬夜。雖然希望他能休息，可是事到如今，我也無法說什麼。

「拜託了。」

『嗯。快把資料傳給他。』

我利用上午時間盡可能進行各項採訪。時間迅速流逝，到了十二點，也就是太刀洗約定如果無法採訪就會聯絡的時間，電話沒有響起。我雖然收集到補充細節的情報，但也沒有掌握到嶄新的消息，就這樣到了下午三點。

我和太刀洗在最初見面的中勢站會合。她肩上背著頗大的包包，仔細看就發現和昨天的包包不同，大概是相機袋。見面之後，兩人沒有彼此打招呼，她只說「我們走吧」，然後坐進安排好的計程車。

太刀洗的眼睛下方隱約浮現黑眼圈。我們昨天一邊討論一邊喝到很晚，或許在那之後她又繼續工作，也可能是今天早上特別早起。

計程車和昨天是同一家公司，但司機不同。太刀洗對怎麼看都不會小於七十歲的司機告知去處：

「請到中勢高中。」

「好的。」

計程車順暢地發動。

太刀洗在車內一直沒有說話。她低著頭，甚至讓我感覺到拒絕對話的氣氛。我想起她提到關鍵時刻這個詞。

中勢高中雖然是「戀累殉情」的重要舞台，但在之前的採訪中，我並沒有機會造訪此地。部分原因是因為昨天是星期天，不過即使是平日，接近學校採訪都是高風險、少報酬的工作。

進入校園內就會立刻被報警。如果想採訪學生，只要在上學路上等候就行了。然而太刀洗不顧這樣的理論，選擇高中做為採訪地點，我卻不感覺意外。

十分鐘左右，車子就到達目的地。

校舍是四層樓的奶油色建築，擁有在東京無法想像的大操場，升旗臺上飄揚著校旗。

「要進去嗎？」

聽到司機問話，太刀洗總算抬起陷入沉思般的臉。

「不用了。請停在校門口。」

高中的對面有一座小小的神社。鳥居上掛著八幡神社的牌子，神社內矗立著好幾棵高大的杉樹，幽暗而沒有人影。下了計程車之後，太刀洗背向學校，走入神社。她把背包放在石地板上打開，裡面果然是相機，而且是數位單眼相機。

她蹲下來，一邊將巨大的鏡頭安裝在相機上一邊說：

「很抱歉，昨天沒有做充分的說明。」

「沒關係……」

原來她自己也知道說明不夠充分。

她抬起頭看我，說：

「你應該知道來這裡的理由吧？」

這句話太抬舉我了。我並不是因為知道理由才跟來的，不過我心中有些猜測。

「是取得管道吧？兩人在這間高中取得毒物。」

太刀洗沒有笑容地點頭。

桑岡高伸與上條茉莉只是一介高中生，他們是如何取得黃磷的？只要接觸空氣就會燃燒的危險物質，究竟放在哪裡？

我首先想到的答案就是學校理化教室。我花了今天上午的時間，調查學校有沒有使用黃磷的情況，得知高中為了觀察同素異形體或做實驗，有可能備有黃磷。

「因為這種物質毒性很強，所以聽說會準備清冊，以毫克為單位來管理。」

「我也是這麼聽說的。」

剩餘量的管理應該很嚴格。即使如此……

「即使如此，桑岡和上條的附近確實存在著黃磷。只要他們有那個意願，應該不難取得。」

我的想法和太刀洗的話不謀而合。

我聽到電子鐘聲。看看手錶，已經三點半了。我已經忘記高中時代的時間表，不過這個鐘聲應該是告知放學時間的鐘聲吧。

太刀洗準備的似乎是200 mm焦距的望遠鏡。她打算從遠處拍攝某樣東西……或者也可以說是偷拍。

她之所以進入這座神社，也是為了尋求藏身處。她想要拍攝的人物，應該就在中勢高中裡面。

太刀洗仍舊看著手中的相機，低聲說：

「昨天我們討論到，死去的兩人為什麼對於黃磷的毒性只有半吊子的知識。」

「是的。」

「你有什麼想法？」

我搖搖頭，老實說：

「我不知道。我只能猜想，也許是他們參考的書錯了，或者是他們調查的方式不夠充分。」

「這些假設當然也有可能。不過我認為，還有另一種可能性。」

太刀洗裝好鏡頭，緩緩站起來。她環顧左右，似乎在尋找拍攝地點，然後站在綁了注連繩（註8）、格外粗壯的杉樹底下。

「如果有人告訴他們局部、或是錯誤的知識，對於毒性的知識也會不夠充分。」

「請等一下。」

我忍不住拉高嗓門。

「這樣還是等於原地踏步，無法解釋那個人為什麼會得到那樣的知識。」

太刀洗把眼睛離開相機，看著我稍稍搖頭。

「也許是故意的。」

「故意的？」

我重複同樣的話。我不理解她話中的意思。

桑岡高伸和上條茉莉誤解了黃磷的毒性。兩人以為服下黃磷就能輕鬆死去，結果一起服毒之後在痛苦掙扎中死亡——這是有人刻意造成的？

「妳的意思是，有人慫恿他們，騙他們服用黃磷就不會痛苦？」

她輕輕點頭。

「與其說是慫恿，不如說是誘導比較接近吧。」

「怎麼可能！做這種事有什麼意義……」

註8　以稻草等編織的繩子，常見於神社，代表隔絕人間與神域。

我說到這裡停下來。

跟太刀洗爭論也沒用。做這種工作，常常會遇到讓人想要怒吼的不愉快場面。如果每次都怒吼，根本就沒完沒了。我必須好好思考。對桑岡他們說謊真的沒有意義嗎？有沒有人能夠因此獲利？

根據上條哥哥的說法，上條茉莉在不情願的狀態下懷孕。桑岡高伸為了替上條茉莉伸張正義，要求她的親屬給予她適當的對待。應該會有人樂見這兩人消失吧……可是這個人沒有必要說謊讓他們服用黃磷、極度痛苦而死才對。

為什麼？

年輕的聲音傳來。學生從校舍出入口魚貫而出。其中也有一些學生身穿隊服，或許是要去參加社團。

為什麼不是選擇其他手段、而要讓他們服用黃磷呢？是為了讓他們痛苦嗎？難道有人因為某種理由深深怨恨這兩人，光是置他們於死地還不夠，還要讓他們遭受最大的痛苦而死？……不，這樣也未免太奇怪了。桑岡他們不可能會輕信如此憎恨他們的人說的話。

服用黃磷會發生什麼事？三天前兩人服用黃磷，結果發生什麼事？

兩人死了。然後呢？

記者來到中勢町。然後呢？

晨間新聞都是「戀累殉情」的話題。然後呢？

兩人自殺的動機受到矚目，而他們不得不選擇死亡的理由也會被揭開——不，這些都不是因為兩人服用黃磷而發生的，單只是因為他們的死亡才發生的。如果只限定服用黃磷的結果，會發生什麼事？

譬如昨天的啤酒。我喝了啤酒之後，發生什麼事？

……啤酒沒了。杯子空了。

空了？

「難道……」

我喃喃地說。

「難道只是為了要處理掉黃磷……？」

我看著太刀洗的臉。她那張幾乎不顯示感情的臉上，此刻似乎帶著些許悲痛。她果然也想著同樣的可能性嗎？

這個動機太自私了，然而並非不可能。有沒有什麼奇怪之處？我必須加以驗證。我說話的速度變快了：

「假設學校保管的黃磷剩餘量和清冊的數字不一致，會有什麼結果？如果在清點設備用品的時候，發現黃磷多出來或不夠……」

不，多出來的話，丟掉就行了。只有在不夠的時候才會有問題。要是發現具有強烈毒性的黃磷從學校遺失了，不知會引起多大的非難。

「這種東西也不是能夠隨便買來補充的。那怎麼辦？雖然可以假裝不知道、寫下錯誤的數字，但不能長久瞞下去。而且……對了，妳不是說過，縣政府打算要加強管理設備用品？」

「我是這麼聽說的。」

「如果發現劇毒下落不明，不知道會受到什麼樣的懲戒處分。但是有個方法可以迴避危機：讓打算自殺的學生偷走黃磷、服毒自殺，就永遠不知道黃磷原本剩下多少。」

負責管理黃磷剩餘量的是理科主任，而他也是天文社顧問，和桑岡與上條兩人有來往。昨天在太刀洗的安排之下，我已經見過那個人。我問她：

「妳打算在這裡拍攝春橋真嗎？」

校園傳來學生的聲音。風吹過神木的樹蔭，使身體感到冰冷。

太刀洗沒有回答。

不，她是沒有時間回答。她單腳跪地，舉起相機，按下連續快門，發出「喀喀喀」的聲音。

我望向中勢高中。在學生使用的出入口以外，還有另一處出入口，有三名男人剛好從那裡並肩走出來。假設其中一人是春橋，另外兩人是誰？我瞇起眼睛凝視。

8

我們搭乘來時的計程車回到商務飯店。我忽然想到，不知道太刀洗住宿在哪裡。

「我也同意，動機是為了隱瞞黃磷的剩餘量，才會去慫恿桑岡他們。」

太刀洗原本在計程車內一直保持沉默，不過一下車就這麼說。我們站在老舊的商務飯店門口說話。

「不過我並不認為是春橋真做的。他從今年才負責管理藥品，即使清冊和現狀不同，也不至於要他負責。不僅如此，桑岡他們服用黃磷，還會讓他處於很不利的立場。慫恿兩人服用黃磷的不是春橋。」

我點點頭。

「我太大意了。」

冷靜想想，我的想法並不能說明黃磷為什麼減少了。我唯一能想到的理由，就是前任者太過隨便，導致清冊數字錯誤，但是很難想像會為了隱瞞這種事而建議自己的學生服毒。春橋的個性雖然輕浮，可是應該不是會做出這種事的狂人。

必須隱藏黃磷剩餘量減少的人，不是管理設備用品的負責人。擁有更強烈動機的，是造成黃磷減少的那個人。

「如果我問出妳打算拍什麼，或許就更容易猜到真相了。」

我不甘願地這麼說，太刀洗便移開視線，說：

「如果你問我，我就會告訴你。」

……先前太刀洗在八幡神社拍攝的照片中，出現的是左右兩側被強壯男子包夾的下瀧誠人。太刀洗成功拍到下瀧被警方帶去詢問的瞬間。

「我應該更深入思考妳為什麼會來這裡。」

她來到中勢町不是為了採訪「戀累殉情」。這點我一開始就知道了。她是為了替《深層週刊》寫報導，追蹤縣議會議員與教育委員會收到炸彈的事件。警方重新調查炸彈使用的藥品出處之後，搜查行動出現進展，而太刀洗是得到這個消息才來到此地。

炸彈並不會真正爆炸，而是在開封後點燃的裝置。

黃磷只要接觸空氣就會點燃。

聽到這兩點，我就應該發覺到警方重新調查出處的藥品是黃磷。

「妳在擔任『戀累殉情』事件採訪聯絡人的同時，也在追蹤自己要報導的炸彈事件。」

太刀洗沒有顯露得意或辯解的態度，只是理所當然地回答：

「是的。我從事的是沒有未來保證的工作，有機會的話當然會採取一石二鳥的方式。」

「妳為什麼會想到這兩起事件相關？有任何讓妳懷疑的理由嗎？」

「也不能說是相關……」

她說到一半，稍稍垂下視線。

「最重要的契機，仍舊是兩人的遺體在不同地點發現的這一點。在黃磷剩餘量成為關鍵的事件即將偵破的時刻，出現了疑似服毒的自殺者。如果這個毒物是黃磷，意味著什麼？我一直想著這個問題。」

「除了下瀧之外，妳還找了春橋，是因為他是理科主任嗎？」

「那也是理由之一。我想要詢問他藥品保險箱的管理狀況，但是春橋今年才當上主任，所以這方面是徒勞一場。」

接著太刀洗端正姿勢，對我鞠躬。

「就結果來看，我利用了你的工作來進行調查。這點我得向你道歉。」

「妳不需要道歉。我也得到很大的幫助。」

下瀧誠人曾寄送黃磷製作的起火裝置給議員。

聲明文中寫的理由，是要對在議會中打瞌睡的議員給予天誅，實在很瘋狂。警察的搜查行動雖然落後，但是在發現高中也有黃磷之後，進展就非常快。下瀧察覺到搜查進度，被迫盡速處理有可能成為證物的黃磷。

我抬頭仰望商務飯店，想起昨天的訪問。

「……桑岡曾經向下瀧商量過煩惱。」

桑岡高伸想必是要徵詢大人的意見，設法解決上條茉莉的痛苦。或者他也可能像詢問春橋一樣，詢問下瀧要怎麼做才能輕鬆死亡。對於正在找尋湮滅證據方式的下瀧來說，想必是絕佳的機會。

就這樣，嘗盡痛苦的少年與少女在人生最後關頭也遭到背叛，在筆記本一角寫下「救命」，然後死亡。

我差不多也已經習慣了悲慘的故事，但是即使是如此令人痛心的事件，也會有讓我感到麻木的一天嗎？

「那麼我要先告辭了。下瀧的照片，我會再用 email 寄給你。」

太刀洗說完便坐上計程車。

在遠離的後照鏡中，她一次都沒有回頭。

人死留名

1

「我就知道有一天會發生這種事。」

檜原京介努力避免說出這句話。在警察詢問他時，還有記者包圍他時，他都必須努力壓抑想說出一切的衝動。

十一月七日早上七點半左右，在福岡縣鳥崎市的民宅發現男性遺體。鄰居立刻確認這名男性是這棟屋子的住戶，獨居的田上良造，無業，享年六十二歲。據研判死後應該過了三天左右，但死因不明。有可能是衰弱死亡，也可能是病死。田上變得枯瘦，胃是空的，家中沒有吃過食物的痕跡。

檜原京介是第一個發現遺體的人。國中三年級的他即將面臨高中入學考，最近放學後習慣馬上回家。田上良造的家就在他回家的路上。六日下午四點左右，他從水泥磚牆的透風孔觀察屋內，發現田上倒在房間裡。他如此描述當時的情景：

「我覺得有點奇怪，可是又想到他可能只是在睡覺，如果多管閒事可能會被罵，所以就決定看情況再說。」

今年在秋老虎發威的九月過後，十月仍延續著不知該不該穿長袖的日子，即使到了十一月也還沒有進入深秋。即使老人在房間沒蓋棉被打瞌睡，也很難立即判斷是否發生異狀。京介的不作為雖然從結果來看不值得稱讚，但也沒有受到非難。

「隔天我在上學途中又去看了一次，發現他的姿勢好像和前一天一樣，呼喚他也沒有回應，所以就回家找我爸過來。」

經營小型印刷廠的檜原孝正接到兒子的通知，立刻奔到田上家。報警的便是孝正。

當然也有一部分人感到懷疑：檜原京介為什麼要窺探田上家？警察也問了同樣的問題。他回答：

「他平常是個充滿活力的人，可是這幾天都沒看到他，所以我有些在意。而且……經過的時候也聞到怪味。」

田上生前是個常為了雞毛蒜皮的小事槓上鄰居的人物。京介說他「平常充滿活力」，其實是基於超齡的顧慮修飾過的說法。平常吵鬧到令人困擾的人物突然安靜下來，當然會引起注意。此外，接受通報趕到的警察也發現到現場有臭味。在不像秋天的氣溫中，田上的屍體已經開始腐壞。遺體所在的起居室窗戶開了一條縫，如果臭味外溢也在所難免。京介的發言符合現場狀況，因此警察和記者都接受了。

然而就京介本身的認知，這是謊言。

至少他不是因為聞到屍臭才窺探田上家的。他是因為覺得田上差不多快死了，所以才窺探屋內。

報紙如此報導：

『無業男子孤獨死亡，疑似誤認六十五歲前無法領年金。』

不巧的是，全國各地剛好接連發生獨居老人不為人知死亡的事件。東京一人、大阪兩人、廣島一人，都被發現死在房間裡而無人知悉。烏崎市的事件也被處理為連續死亡的一環，冠上一些煽情的標題，和其他事件一併討論。

其中死在東京的老人日記被大肆報導。日記中哀怨地指控社會與政府單位的冷漠，引起極大迴響。「區公所的人不會幫我。沒有人會幫我」這句話反覆出現在電視上。

不久之後，媒體發現田上也有記日記，但是他的日記內容並不足以吸引世人的關注。理由是內容有些晦澀難解，也沒有情緒性的不平不滿。

只有一句「我即將死亡。只希望能夠人死留名」這句話獲得媒體報導，但是也只是附上「領悟到自己即將孤獨死亡，令人痛心」這種程度的解說。

最早發現遺體的京介有好一陣子連日受到採訪，被問到同樣的問題：

「你發現田上先生，有什麼感受？」

每次被問到，他就得忍住「我就知道有一天會發生這種事」這句話，在心中產生罪惡感。他想到這樣的日子不知會持續多久，半夜在棉被中咬緊牙關。

幸虧他的苦惱沒有維持太久。

各種新聞都會逐漸被遺忘。當國際環境會議在北九州市召開，報導的焦點就轉移到那裡。轉眼間，世人就忘記無名之死的事件。

由於太過快速，反而讓京介感到有些失落。

2

屍體發現之後，過了二十天。

這天京介一放學，照例馬上回家。他已經沒有理由窺探田上家，因此沒有繞路就直接走向自己的家。兼作印刷廠門市的住家位於住宅區邊緣，平常很少人經過。他不自覺地低著頭走路，聞到熟悉的墨水氣味。

這時他突然發現前方站著一個人。這個人是一名女性，留著長髮，個子很高。她身穿黑色短上衣及素面白襯衫，雖然應該能夠打扮得很正式，但她襯衫最上面的兩個釦子沒扣，下半身則穿著牛仔褲和運動鞋。她斜背著具有厚度、外觀粗獷的黑色肩背包。

京介憑經驗猜到她應該是記者，而且正在等候自己。

京介想要瞞混過去，但立刻發覺這是不可能的。太刀洗完全不認為京介是偶然發現遺體。謊言被拆穿了。對他而言最意外的，就是太刀洗根本不把這個謊言當作問題。

京介輕輕吁了一口氣，回答：

「我不知道。我也不是一直都在關注那個人。」

「是嗎？」

太刀洗並沒有失望的樣子，繼續問：

「那麼比方說，田上先生有沒有在自家門口或附近的牆上貼公告？」

聽她這麼問，京介試圖想起田上的家，但他腦海中浮現的都是被警察、記者和看熱鬧的人包圍的房子，怎麼想都想不起田上家平常是什麼模樣。

「……我不記得了。」

「是嗎？那麼，很抱歉打擾了你。」

太刀洗並沒有繼續追問下去，很乾脆地結束訪問，似乎準備就此離去。京介忍不住叫住她：

「那個……」

「什麼事？」

「剛剛的問題是什麼意思？妳到底想要知道什麼？」

太刀洗的問題都是過去沒有人問過他的。太刀洗停下腳步，說：

「當然是有關田上良造先生的為人。」

「為人？」

「他的個性、他重視什麼、他為什麼會孤獨死亡——我在調查的是這些。」

京介發現自己失去了冷靜。表面上感覺到的是反抗。他心想：眼前的女人想要挖掘死者的缺點來賺錢。不能跟她扯上關係。

然而他立刻又產生疑問，懷疑是否真的如此。自稱太刀洗的這名記者並不顯得卑屈，也沒有毫不在乎的厚臉皮態度。或許她是以冷淡的姿態隱藏這一切？京介無從得知。

不久之後，他產生某種想法：為了消除他心中一直鬱積的疑慮，不正應該要去了解太刀洗剛剛提到的事情嗎？為了拂去無法向他人表白的罪惡感，他不是應該去了解田上良造是什麼樣的人？京介並不認識田上這個人，只覺得他是從小就住在附近、很囉嗦的老頭子。

如果稍微了解他，或許就能接受他的死亡。

京介感覺到有些話不吐不快，問她：

「請問，這份報導會刊登出來嗎？」

他的意思是，如果報導刊登出來，他很想要閱讀。但這句話似乎刺中太刀洗的痛處。

「這個嘛……大概。」

她的回答很含糊。

「有可能不會刊登？」

「我不願這麼想。」

「如果不會刊登，是因為我沒辦法回答問題嗎？」

太刀洗搖頭。

「跟這個無關。採訪工作已經接近完成，只剩下訪問約好的人。」

「妳約了誰？」

「田上先生的兒子。」

「那個人有兒子……？」

田上良造一直都是獨居。京介不知道他有小孩。

「是的。他的兒子名叫田上宇助。我知道他住在市區，可是他一直不肯接受採訪。後來總算談成了，所以我今晚要去見他。這一來採訪就結束了……可是會不會刊登在雜誌上，又是另一回事。」

京介聽了忍不住說：

「如果可以的話，妳能帶我一起去嗎？」

「帶你去？」

太刀洗有些意外地問，並稍稍皺起眉頭。

京介也對自己說出這種話感到意外。但是一旦說出來，他幾乎覺得去見田上的兒子是自己的義務。他再次懇求：

「拜託。」

「你要見他做什麼？」

「我也想知道田上先生是什麼樣的人……還有，我已經說過好幾次那個人過世的狀況，可是還沒有對他的家人說過。」

太刀洗瞇起細長的眼睛，凝視著京介。京介感覺到她好像在測試自己。她總算約到過去不肯接受採訪的男人，帶一個國中生同行（即便是相關人士），不會有問題嗎？帶一個浮躁的小孩一起去，會不會破壞工作？京介猜想太刀洗正想著這些問題。

不久之後，她稍微改變說話口吻，說：

「這樣的經驗應該不會很愉快。如果你不希望感到難受，最好還是別跟吧。」

「感到難受？為什麼？」

「你應該也被很多記者圍堵過吧？你覺得你喜歡記者嗎？」

京介無法回答。

他被記者採訪，完全沒有愉快的經驗。

記者並沒有直接造成他的困擾，可是要問他喜不喜歡他們，他無法點頭。太刀洗似乎看穿他內心的想法，對他說：

「去找不願接受採訪的對象，也是記者的工作。可是我不會推薦你這麼做。你要怎麼辦？」

京介不是那種被人討厭也能泰然處之的類型，不過他也沒有真正被大人討厭過。他無法將太刀洗的忠告理解為現實問題，就回答：

「我要去。拜託妳了。」

太刀洗輕輕嘆息，沒有再阻止他。

「約定時間是六點。可以嗎？」

「好的。」

「那麼就約定五點半到這裡會合。我會開車過去。還有……」

她打開肩背包的拉鍊，取出透明資料夾，遞給京介。

「這是刊登在地方報紙的田上先生投稿。你也許會有興趣。我沒有多餘的影本，所以你待會必須還給我。」

接著太刀洗又提醒一次「五點半見」，然後就迅速離開了。

3

去見田上的兒子之前，京介並不需要準備任何東西。

服裝方面，他覺得穿制服應該最適當。他回到自己的房間，脫下外套坐在桌前。太刀洗遞給他的透明資料夾中夾著報紙影本，角落以紅色原子筆寫上「鳥崎新聞 十一月二十六日鳥崎市立圖書館」以及昨天的日期。字跡很潦草。

每一份影本都有寫上報紙的日期。京介也看過「鳥崎新聞」，醫院等候室和圖書館都有放這份報紙。不過他沒有讀過內容，也不知道有「發言廣場」這樣的投稿專欄。

對「質疑」提出質疑

前公司主管田上良造（六十一歲）

拜讀四月一日本欄的「對市公所改建提出質疑」。在財政狀況困窘之際，主張應將預算使用在其他地方的意見並非全無道理，但私以為市公所改建正應該即刻進行。

現在的市公所已逐漸老舊，不難想像在執行業務時多所不便，但如果只是如此，我也會主張忍耐。問題在於鳥崎市中樞地帶的設施豈能如此寒酸。其他城市的訪客看到那座市公所，對鳥崎市會抱持什麼樣的印象？他們會覺得鳥崎市是個連骯髒的牆壁都無法弄乾淨的貧窮城鎮吧？只談到節省，未免太短視了。

對「打招呼萬能論」感到疑問

前公司主管田上良造（六十一歲）

拜讀六月十七日的「推行打招呼運動」。我不認為這是壞事，但也不覺得有如報導中寫的那麼美好。文中彷彿認為只要小孩子能夠打招呼，就能喚回社區共識、振興商店街，甚至讓鳥崎市無限繁榮。

教導兒童禮儀確實有其必要。遇見認識的鄰居也不打招呼的態度，已經不能只用「令人感到寂寞」這麼溫和的言語來形容，根本就是無禮。然而也不是對任何對象都打招呼就可以了。壞人表面上都會很親切地跟你說「你好」來搭訕。把打招呼的人當成好人的單純價值觀是不正確的，而要把稅金投入這種計畫更是愚蠢之至。

垃圾分類是必要的

前公司主管田上良造（六十二歲）

拜讀二月四日本欄的「垃圾分類真的有用嗎？」文中對分類後的垃圾是否能夠有效回收利用感到疑問。在我來看，這是對規則本身有所誤解的意見。在徹底分類之後，才能看到分類後的垃圾回收利用的程序。這才是正確的道理。

該文主張二十二種垃圾分類太過繁瑣，但是和一般市民有關的分類大概只有四、五種。投稿者因為職業關係，對於每天必須進行多項分類感到不滿，但反過來想，應該是過去太輕鬆了。對於規定事項動不動就反駁是幼稚行為，完全曲解了自由的意義。

這三張是田上良造的投稿，但另外還有一張「發言廣場」專欄的影本，上面沒有田上的名字，但有一篇投稿被紅筆圈起來。京介也讀了這篇文章。

發揮名產的價值

無業佐佐木直也（六十六歲）

在全國不景氣當中，近年來鳥崎市感覺也不太有活力。如果不能發揚鳥崎市的特色，就會讓鳥崎市更加隱沒於北九州市的名氣之下。要如何宣傳「鳥崎」的名聲？每年的物產展一再試驗錯誤，然而實際上，不論哪種產品都不夠吸引人。

恕我提及私事：我曾在水產公司擔任總經理，直到退休。當時市內拉麵店曾向我們提出有趣的委託，想要嘗試將米糠味噌燉鰯魚與拉麵結合在一起。後來完成的拉麵是其他地方吃不到的特殊口味。如果主張全市都應該推廣這道料理，未免有些自賣自誇，不過從這個例子也可以印證，只要找遍全市，一定能夠挖掘出新的「鳥崎名產」。

京介並不喜歡米糠味噌燉鰯魚，而且他也沒聽過米糠味噌是鳥崎市名產。可是為什麼這篇文章會被畫圈？他回想起那名自稱太刀洗的記者冷淡的表情，喃喃自語：

「她想吃嗎？」

感覺好像不太符合她的形象。

4

越接近五點半，京介內心無形的不安就越是增加。他沒有主動去見陌生成年人的經驗。過去他見到的成年人都是親戚、老師，要不就是店員。雖然說是跟太刀洗一起去，感覺可以稍微安心點，但仔細想想，就連太刀洗也只是在路上稍微談過話的對象，不知道可不可靠。

京介心想，即使他開溜了應該也不會有人抱怨，不過他還是在五點半前往約定地點。他沒有等多久，就有一台休旅車接近。開車的是太刀洗。

「讓你久等了。上車吧。」

京介上了車，休旅車便緩緩開始前進。

車內很乏味，沒什麼裝飾。肩背包被丟在後座。

京介問：「這是妳的車嗎？」

太刀洗看著前方回答：「是租來的。」

車子穿過住宅區，進入幹線道路。時間接近傍晚，交通量很大。這條路京介很熟悉，但太刀洗卻似乎不熟，每次看到路標，就會把視線瞥過去。

不過她似乎掌握了大概的路徑，在紅燈停下來時主動開口問：

「你讀過報紙上的文章了嗎？」

「啊，讀過了。」

「可以說說你的想法嗎？」

京介因為緊張而口乾舌燥。他吞嚥口水，慎重地回答：

「我沒想到那種攻擊性的寫法也能獲得刊登。」

他並不是在開玩笑，但太刀洗露出微笑。

「從這點來推論……」

「『發言廣場』大概沒什麼人投稿。」

「這個分析很合理。還有呢？」

「我想要先問一下，田上先生的投稿只有那三篇嗎？」

燈號變綠，休旅車跟著前面的車前進。

「這個我不敢保證。我只調查這兩年份，而且也可能有投稿之後沒有刊登的文章。」

「啊，原來如此。那麼先假設只有那三篇……感覺的確很像田上先生會寫的文章。」

京介回想起田上良造生前仍舊健康的時候。他沒有和田上說過話，但有時會看到他在住宅區的路上和人爭論。包括垃圾的倒法、宅配業者路上停車、甚至蹓狗，田上良造似乎看各種事情都不順眼。

他如果沒有在爭論，就是孤單地在附近徘徊。

「三篇文章都是針對先前刊登的報導或投稿提出反駁，或者應該說是挑毛病，也不知道那是不是田上先生真正的意見。如果要田上先生寫出自己的意見，而不是去反駁其他人，或許他什麼都寫不出來吧。這樣講會不會太過分？」

太刀洗有些訝異地「哦」了一聲，問：
「檜原，你是國中生吧？國三？」
「是的。」
「滿不錯的。」
她說完露出微笑。
京介不禁低頭，但太刀洗不理會他的反應，繼續說：
「我也有同樣的想法。為了慎重起見，我還去找了田上先生反駁的報導或投稿，可是那些文章都沒有特別的問題，應該說是四平八穩。對於那樣的文章會寫出如此攻擊性的投稿，即使說得客氣點，感覺也很危險。你知道我的報導可能不會刊登的理由了吧？」
「咦？」京介突然聽她這麼說，有些摸不著頭緒。
「不知道。請問是怎麼回事？」
太刀洗淡淡地說：
「如果照這樣寫，就等於在批評過世的田上先生。」
京介沉默不語。休旅車繼續前進，穿過鳥崎市的市區。京介忽然想到自己還不知道目的地。
不久之後，他開口說：

「可是，也許有人想要讀那樣的報導吧？」

「……」

「妳先前問我喜不喜歡記者。姑且不論喜不喜歡，我因為發現屍體受到採訪之後，一點好事都沒有。

我還上了電視，不過只有照到脖子以下。結果反應很誇張。有人調查出我的身分，打電話給我說『你是發現屍體的人吧』。那是個女人，用很尖銳的聲音對我怒吼，說『你為什麼沒有救他？殺人凶手！』

在學校也成了話題。雖然說是我發現的，不過我也只是瞥了一眼。可是同學卻一次又一次要我說明屍體是什麼樣子，結果我被老師叫去罵了一頓，說『現在是面臨入學考的重要時期，你到底在想什麼』。我到底為什麼要被罵？大概連老師自己都不知道吧。」

太刀洗默默聽他說話。她握著方向盤，直視前方。

「可是也不可能一直鬧下去，所以才需要結論。各家媒體都介紹了在東京死掉的那位爺爺的日記吧？就是寫說區公所很冷淡的那個。那就是結論吧？大家覺得『哦，原來是因為區公所很冷淡』，話題就結束了。

如果妳寫文章批評田上先生，那也會成為一種結論吧？大家會覺得『哦，原來因為他是個壞人，所以不得好死』。也許有很多人就是想要得到這種答案，不是嗎？」

這是他一直在想的問題。自己看到的到底是什麼？說出來的話到底是什麼？因為自己說的話，會讓田上良造孤獨死亡的事件如何變質？他一直在思考。

暮色漸深，太刀洗打開車子的頭燈。她說：

「的確，也許有這樣的人吧。就如你說的，大眾隨時都在尋求結論。」

從她的側臉看不出任何表情。京介的話並沒有讓太刀洗產生動搖。他覺得自己說了太多話，感到有些羞恥。

太刀洗接下來的問題溫和到讓京介感到意外：

「那麼你覺得應該有別的結論嗎？」

「……是的。」

他很自然地這樣回答。

太刀洗把一隻手從方向盤移開，摸索著外套的內側口袋，拿出一張照片遞給京介。

「在發現田上先生遺體的時候，桌上放著這個。因為是沒有被報導的東西，所以我不能借給你。」

「我可以看這樣的東西嗎？」

「那不算機密，只是還沒有人看出新聞價值。」

這張照片拍的是明信片。

明信片大概是雜誌附的問卷調查。最上面印的「歷史個人」大概是雜誌名稱。文字很小，很難閱讀。照片顯示的似乎是背面，沒有貼郵票的地方。京介在光線不足的車內勉強閱讀。

問卷調查幾乎沒有文字回答的項目。填寫地址和名字的欄位大概在正面。作答方式是在幾個選項當中圈出適當的答案。

歷史個人第二十二號讀者問卷調查

性別

①　男性

2　女性

年齡

1　十九歲以下

2　二十多歲

3　三十多歲

4　四十多歲

5　五十多歲
⑥　六十多歲
7　七十歲以上

職業

1　中小學生
2　高中生
3　大學生　專校生
4　上班族
5　公務員
6　自營業
⑦　無業
8　其他（　　　　）

請問您對本雜誌的定價有什麼看法

①　太貴
2　適中

3 便宜

請問您在哪裡購買本雜誌

1 附近的書店

2 上班、上學途中的書店

3 網路商店

④ 訂閱

5 其他

請問您每期都購買本雜誌嗎？

① 每期都購買

2 遇到有興趣的主題時購買

3 第一次購買

請寫下您的意見

﹇

﹈

請選擇贈品號碼至第二順位。

第一順位（2）

第二順位（6）

太刀洗的駕駛並不算粗魯，但是一直盯著細小的文字讓京介感覺快暈車了，因此他移開視線，詢問：

「請問這代表什麼意思？」

「那或許是田上先生最後寫的東西。」

京介再度低頭看照片。

「……這樣啊。原來那個人喜歡歷史。」

京介並不知道《歷史個人》這本雜誌。不過他可以想像到田上坐在那間起居室的桌前、從雜誌撕下問卷明信片的姿態。仔細看，明信片邊緣偏離了撕開線，有些彎曲。

太刀洗說：

「《歷史個人》二十二號的發售日期是這個月的四日。田上先生有訂閱這本雜誌，請附近書店寄到家裡。這期的特輯是『戊辰戰爭新論』。我還沒去查贈品二號和六號的內容。」

周圍已經變暗。休旅車放慢速度，進入路邊的家庭餐廳。餐廳的玻璃窗透出燈光。停車場的車子並不多。

太刀洗將車子熄火之後，總算看著京介說：

「我們到了，下車吧。」

5

田上宇助一個人獨占家庭用的大餐桌，桌上擺著啤酒杯和炸雞排，啤酒杯已經幾乎空了。宇助的臉很紅，眼神也已經渙散。他的頭髮油膩，下巴長著贅肉而輪廓不明，臉頰上留著鬍碴。他看到太刀洗接近，便舉起手喊：

「喂，在這裡。我已經先開始吃了。」

太刀洗對他鞠躬說：

「謝謝你在繁忙中撥空過來。」

宇助一手拿著啤酒杯，露出嘲諷的笑容。

「哼，繁忙？妳在諷刺我嗎？算了，這個不提。小氣的大姊，妳再怎麼小氣，應該也會付這餐的費用吧？」

「是的。」

「聽妳這麼說我就放心了。我已經點了接下來的份。」

他說完喝光啤酒。當啤酒杯空了之後，他的視線轉向站在太刀洗後方的京介。

「那傢伙是誰？」

「他是……」

太刀洗回頭，向京介招手。

京介當時有些呆住了。他原本以為田上宇助應該和他父親良造長得很像。田上良造個子瘦小，總是皺著眉頭，最後瘦到像枯木一般死去。然而在田上宇助身上卻完全看不到他的影子。京介有好一陣子無法理解自己第一眼看到宇助時湧起的感受。等到兩人視線交接，他才知道這是厭惡。

「檜原。」

他被呼喚之後才恢復理智。他忍住想要退縮的心情，踏出半步。

「初次見面，我叫檜原。那個……你是田上良造先生的……」

「沒錯，我是他兒子。你是誰？還穿學校制服，是來社會見習的嗎？」

宇助朝著太刀洗露骨地皺起眉頭。

「我可沒聽說會有其他人一起來。」

太刀洗很鎮定地應對：

「他是最早發現的人。」

「啊？發現什麼？」

「是他最早發現田上良造先生的遺體。」

宇助用渙散的眼神瞪著京介。

「哦，是你啊。原來如此。」

宇助湊向前，口中吐出帶有酒精臭味的氣息。京介正感到不知所措，宇助突然厲聲喊：

「你是來幹麼的？想要索取禮金嗎？別小看我，小鬼。誰要給你禮金。」

京介咬緊牙關，他不知道宇助在說什麼。宇助臃腫的身體看起來格外龐大。

太刀洗說：

「不是的。他是因為沒有向田上良造先生的家屬報告他最後的情況，因此感到很在意。你就當他是來弔唁的吧。」

「弔唁？別開玩笑！弔唁要把錢放在白色信封裡拿過來。你連這種事都不曉得？臭小鬼！」

「他還是國中生，你就原諒他吧。」

「哼……臭小鬼……」

宇助狠狠說完，眼神再度顯得渙散。他直接用手抓起雞排，抹了一大坨美乃滋，放入嘴裡。面無表情的店員將裝了啤酒的杯子端來。這時太刀洗終於坐下，京介仍舊站著。他不想坐在宇助正對面。他為什麼要來到這種地方？想到這裡，他就回想起先前太刀洗的警告——這樣的經驗應該不會很愉快。

店員放下啤酒正要離開，宇助大聲叫住他。

「喂，還有香腸。鐵板燒。」

「好的，我知道了。」

宇助伸手拿起剛端來的啤酒。太刀洗不介意地開口。

「田上先生，我想詢問有關已故的良造先生的事情。」

「哦，對。」

宇助放下啤酒杯，單肘放在桌上。

「……所以妳要問什麼問題？快問，我很忙。」

「良造先生是什麼樣的人？」

這時宇助突然笑了。他似乎覺得這個問題很蠢，突出肚子靠在椅背上。

「原來是這種問題！」

接著他又露出嚴肅的表情。

「聽好了，記者小姐，我是個沒用的男人，可是還沒爛到那傢伙的地步。」

「你說的爛是指？」

「那傢伙有病。他覺得自己以外的人都是垃圾。」

宇助的表情帶有異樣的熱度。

「妳應該早就調查出來了吧？我們家從爺爺那一代就是造園師。老爸是次子，所以當不成董事長，只能當專務經理。說經理好像很好聽，可是那傢伙根本不懂園藝，連樹木都不會認，還把職人當傻瓜。他還對我說，你得當個更正經的人。

很遺憾，我腦筋不好。不過還是找到了工作。我當了木造建築工人，還被誇獎很有潛力。可是老爸不喜歡。他說那不是正經的工作。我朋友繼承老家的農業，他也說那不是正經的工作。我堂哥進入鳥崎市公所工作，當公務員。妳知道老爸說什麼嗎？他說公務員都是稅金小偷，不是正經的工作。

妳懂了吧？對老爸來說，正經的職業就是造園公司的經理。他沒有拿過園藝用剪刀，搞不好連記帳都不會，可是他覺得只有做那種工作的人才是正經的。」

他拿起啤酒杯，咕嚕咕嚕地喝下啤酒，不過口齒反倒變得清晰。宇助瞪著太刀洗繼續說：

「我工作的建築公司倒閉了。因為委託者逃走，開的支票跳票。實在太過分了，根本就是詐欺。老闆因此上吊自殺。他是個好人。我沒有看過像他那麼善良的人。可是對老爸來說，那種事不重要。他就是不爽公司倒了、我變成無業。每次見到我就說『無業的人都是垃圾』。聽好了，我有工作。我一邊找木造建築工人的工作，一邊從早到晚兼差當警衛或清潔人員……可是，記者小姐，就算我真的無業——

他憑什麼批評我？我的老媽、弟弟，都被他說成是垃圾。還有我的老婆、孩子、甚至死掉的老闆，他都說是沒有用的垃圾。可是他自己又如何？我聽過他在公司的風評。既不工作也不做決定，更不用負責任。只因為他是前任董事長的次子，就能白吃白喝到退休。

妳懂了吧？那傢伙有病，是個爛人，所以沒人接近他，也被公司完全切斷關係。最後沒人幫助他，只能一個人孤單地死……真是好消息。實在是太好了。要不然這世界就太不公平了……」

宇助說到最後聲音變小，低下頭。熱度消退了。

「我說完了。可以了吧？」

京介彷彿被宇助的熱氣感染，一臉茫然。但太刀洗不同，她以冷靜穩重的聲音問：

「那麼，你最近沒有去見良造先生嗎？」

宇助用好似糾結在喉嚨的聲音說：

「我有去。」

「是在十一月三日吧？」

「妳不是都知道了嗎？那天是我老媽的忌日。第七年忌日，總不能不去。」

他狠狠地說。

「可是我沒有見他。我們彼此都不想看到對方的臉。我只是隔著隔扇聽到他在說話。我拜過佛壇就早早離開了。我也對警察說過了。」

「我知道了。謝謝你。」

說完太刀洗從外套內側口袋取出信封。宇助的眼神變了。

「喂，沒想到妳還是肯付錢。」

「不，這是這用餐費，只是聊表心意。」

她把信封放在桌上，遞給宇助。宇助連忙抓起信封，毫不猶豫地把手指插進去。

他的表情立刻轉為失望。

「……哼，算了。」

「還有，很抱歉，我是自由工作者，所以有很多稅金方面的事情要處理。」

她從肩背包取出小張的紙和原子筆。

「請寫下收據的簽名和日期。」

「這麼一點錢也要收據？哈，到處都是不景氣。今天是幾日？」

「十一月二十六日。」

宇助皺著眉頭，但還是潦草地動筆。太刀洗接過收據，迅速起身。

「謝謝你。這次訪問給了我很大的幫助。」

然而宇助沒有回答。當店員走過附近，他抬起頭怒吼：

「喂！光是一道香腸而已，要我等多久？」

6

在回程的車上，太刀洗說：

「那個人向採訪記者索取報酬，要求如果想採訪他就得包多少錢。沒有人給他錢，所以我一開始就知道他心情會很不好。」

「所以他才喝得那麼醉嗎？」

「我也有點驚訝。見過面之後，你覺得如何？」

京介坦白地回答：

「……我覺得很害怕。」

田上宇助的醜態和莫名其妙的怒吼當然也很可怕，但是最讓京介感到恐懼的，是宇助謾罵父親時彷彿被附身般的說話方式。

京介沒有明說，太刀洗似乎也察覺出來了。

「他的話並不都是正確的。至少關於良造在田上造園的立場，我也聽過別的說法。他似乎真的沒做多少工作，但有人說那是因為對身為董事長的哥哥有所顧慮。也有人說，他在公司內受到排擠，因此得不到工作，每天都過得很拘束。」

「哪一種說法才正確？」

「誰知道。」

她的回答似乎對此不感興趣。

休旅車沿著來時的道路回去。在黑夜中，周遭沒有太多車輛。兩人不說話時，車內聽得到輕微的引擎聲。

京介無法忍受沉默，開口問：

「這樣就能寫出報導了嗎？」

「是的。」

「妳要寫出什麼樣的報導？」

太刀洗停頓一下，然後低聲說：

「人死留名是什麼意思。」

這是田上良造寫在日記上的句子。京介想起他見到太刀洗時的情景。太刀洗一開始的問題就是：「你覺得『人死留名』是什麼意思？」

「人死留名是什麼意思？」

京介這樣問，但他並不希望得到回答。

他的願望沒有實現。太刀洗回答他：

「死時擁有頭銜。」

「頭銜……？」

「死後不會被稱作無業。」

京介不禁發出「啊」的聲音。

「你看過《鳥崎新聞》的投稿欄吧？在那篇文章中，田上良造的頭銜是『前公司主管』。我看了之後感到奇怪。退休之後離開公司的人，頭銜通常是『無業』。至少『前公司主管』不是職業名稱。

我也想到，或許《鳥崎新聞》習慣刊登退休者過去的職位頭銜，但又發現這並不是慣例。你把我交給你的透明資料夾裡的文章都讀過了嗎？」

京介默默點頭，想起其中一篇文章。自稱曾有人找他討論用米糠味噌燉鰯魚製作拉麵的投稿者，原本應該是水產公司的總經理。

「前總經理的投稿並沒有使用『前總經理』的頭銜，而是『無業』。也就是說，『前公司主管』這個頭銜恐怕是田上良造自己要求的。我想他對於這一點非常堅持。從剛剛採訪田上宇助的過程中，也可以得到充分的證據。

話說回來，在可以選擇自稱的《鳥崎新聞》固然可以堅持頭銜，但死後會如何？剛好這一陣子陸續傳出獨居老人死亡的新聞，在社會上成為話題，因此他想到自己死後上新聞的可能性也很高。到時候，他因為死亡時沒有工作，即使自認為是前公司主管，或許也會被寫成無業。田上先生對此感到很恐懼。」

太刀洗的側臉有一瞬間被街燈照亮，但立刻又變暗。京介一直看著她的側臉，心中想著她究竟知道多少事實。

接著京介想到，太刀洗給他看過的不只《鳥崎新聞》。

「可是，那份問卷又怎麼說？在《歷史個人》的問卷上，他確實圈選了『無業』。」

「的確。」

「如果田上先生真的這麼在意頭銜，不可能會在謊報也不會被發現的問卷上選『無業』吧？」

「我也這麼認為。」

京介開始思考。太刀洗想必已經發覺到這一點，才會覺得那份問卷具有特殊意義而帶在身邊。那份問卷的特徵是什麼？

接著他想到可怕的假說。

「難道……那份問卷不是田上先生寫的？」

前方遇到紅燈，休旅車停下來。太刀洗再度從外套的內側口袋取出問卷的照片。

「我也懷疑有這個可能。」

問卷上的確幾乎沒有自己親筆寫的部分。即使是其他人代填，大概也不會被發現。唯一可以看出筆跡的，就是在讀者贈禮選項的欄位寫的兩個數字：「2」與「6」。

「我知道田上良造是個孤獨的人。目前已知曾經造訪過的只有他的兒子宇助。所以我稍微設計了一下。」

她再度拿出一張紙。這是宇助剛剛在家庭餐廳簽的收據。

「啊……我剛剛以為妳弄錯了。今天明明是二十七日。」

「我心想只要得到『2』的筆跡就行了。不過他既然問我日期，我就臨時說謊。」

上面寫的是11月26日。

問卷明信片上的數字「2」與「6」。收據上的數字「2」與「6」。

京介不知不覺地喃喃自語：

「好像。一模一樣。」

燈號轉綠，休旅車再度前進。慣性的力量比預期更強，把京介壓在座位上。

「這是怎麼回事？」

他的聲音顫抖。但是太刀洗雖然自己設下陷阱，對於結果卻似乎沒有多大興趣，只是很乾脆地說：

「填寫《歷史個人》問卷的，恐怕是宇助。也就是說，當時良造已經死亡了。」

「妳說的當時是指……」

「十一月四日之後。也就是《歷史個人》二十二號的發售日之後。」

「宇助在三日去過老家。難道……！」

京介發出悲鳴。如果說良造在三日過世，而宇助為了讓他看起來像是在四日死的，故意填寫問卷明信片……宇助的確憎恨著良造……

但是太刀洗簡短地說：

「不對。」

她輕輕嘆了一口氣。

「如果你以為是宇助殺死了良造，那是不正確的。三日夜晚，幾乎可以確定良造處於臨終狀態。根據警方的調查，他沒有吃任何東西的痕跡。我不認為有人會刻意去殺害已經快要死的人。」

「那麼這張明信片……」

「但是他也沒有救良造。」

京介屏住氣。

「在三日的時間點，良造已經好幾天沒有吃東西。當時造訪他的宇助應該可以替他做些什麼。他可以煮飯，或者既然是去祭拜，應該會帶供品吧？要是良造已經虛弱到無法進食，也可以叫救護車。但是宇助卻見死不救。」

他已經對外宣稱三日要回老家，所以良造必須在四日以後死亡，否則他就會有麻煩。他大概是為了確認情況，再次回到老家。然後看到寄來的《歷史個人》，就耍了一點小花招。」

「這不算殺人嗎？」

「不算。」

接著太刀洗淡淡地說：

「這是照護責任者遺棄致死罪。警方也已經接觸宇助。只是……因為在北九州有國際會議舉行，所以大概很忙，還沒有處理到這件事。」

7

太刀洗似乎不打算送京介回到住處。休旅車停在兩人最初見面的巷子。

「好了，下車吧。」

太刀洗催促他，但京介卻坐在前座沒有動彈。

「怎麼了？」

京介一直猶豫著該不該問。

他是第一個發現遺體的人，然而這並非偶然。他一直覺得田上良造可能快要死了，可是他卻無法告訴別人：「我就知道有一天會發生這種事。」他在害怕。

現在京介接觸到了田上良造生命的一角。但光是如此，無法完全消除他的恐懼。而且他一直很在意一件事：為什麼太刀洗要讓他看報紙投書、看現場照片，還帶他去見田上宇助？

他也可以不問。只要時間流逝，他有預感這一切會變成無關緊要的過去。

但是他今天看到憎恨父親的兒子。如果現在不打破沉默，他也可能會變成那樣。京介直到最後都在猶豫，而太刀洗則默默地等候他的決斷。

最後京介終於緩慢地開口問：

「妳可以告訴我，妳發現田上先生害怕『無業』的線索，真的只有新聞投稿欄嗎？」

就如他預期的，太刀洗緩緩地搖頭。

「不是。是因為有人告訴我。」

「妳果然聽到了。」

「是的。當你在上學的時候，我就去採訪過通報者。」

「我爸告訴妳了？」

「他全都說了。」

田上良造生前曾經造訪經營印刷廠的京介家。他用沙啞的聲音說：

『雇用我吧！我不需要薪水，只要給我頭銜就可以了。我快要死了，可是這樣下去會變成無業的死者。我不希望那樣。不要讓老年人丟臉。如果你還有良心，就讓我人死留名吧！』

京介的父親檜原孝正一口回絕了他的請求。

『不要說傻話。請你回去。』

田上已經瘦到皮包骨，臉頰凹陷，呼氣中帶有令人感到不安的氣息。他已經不是那個動不動就挑鄰居毛病、令人不快的老人。

「我覺得我爸很冷淡。田上先生的確是個麻煩人物，可是那麼虛弱的人拚命請求，我覺得應該幫他實現願望才行。我和老爸吵過架，可是他不肯聽我的。」

「所以你才會在上下學途中關注田上先生的家？」

京介點頭。

「我……知道那個人會死。我應該可以替他送食物之類的。可是我什麼都沒做。如果說宇助先生是罪人……那麼我也是。」

這時太刀洗突然喊：

「不對！」

由於她的聲音太強烈，讓京介嚇得縮起來。太刀洗正面注視著京介，很懇切地對他說：

「你不可能知道。你是醫生嗎？不是吧？光是看到田上的模樣，不可能知道他馬上要死了。你怎麼會知道田上已經虛弱到無法進食？就算知道，你以為不相干的人真的可以每天送食物給他嗎？」

京介理論上也明白，但就是無法拋開這個念頭。如果當時接受田上的請求——這個念頭在他腦中揮之不去。

「冷靜想想：如果接受田上的要求會怎麼樣？田上如果還是死了呢？這一來，就變成檜原印刷廠的現任職員沒有吃東西而餓死。那怎麼行呢？京介，抬起頭。」

京介不知不覺已經低下頭，聽到她這麼說才抬起來。

「你父親很擔心你的情況。田上先生對他提出絕對無法接受的要求。那個人想必是因為過度恐懼而腦筋錯亂了。不論如何，你父親認為自己的判斷是正確的。可是他知道自己的兒子，也就是你，卻好像無法忘懷田上先生最後的話。他說，那傢伙還只是個小孩子，沒有學會割捨。

京介，受人拜託時想要實現對方的願望，的確是很珍貴的感情。你能這麼想，代表你是一個溫柔的孩子。但是田上先生的要求是異常的。甚至可以說，他是想要利用他人的善意。你不能永遠被囚禁在那些話當中。忘記吧。你必須忘記。」

不知何時，京介眼中流出淚水。

「我沒辦法忘記。」

田上良造的結局對檜原京介來說，等於是某種形式的人死留名。太刀洗的表情有一瞬間顯得絕望而悲哀。

當這個表情消失，她就如最初見面時一般，恢復冰冷的臉孔。

「那麼我給你結論吧。聽好了，而且要記住。」

她的聲音很低沉。而且就像要傳送到靈魂般強而有力。她說：

「田上良造是個壞人，所以不得好死。」

把刀子放入失去的回憶中

1

我聽說過日本的夏季很異常，但現在不得不一再體認到這一點。走出冷氣強到幾乎寒冷的列車，含有溼氣的熱氣立即撲向我。我幾乎感到窒息，可是現在時間還是早上。在成田機場首度接觸到這種空氣時，我不禁覺得倒胃口，不確定自己接下來的十天能否忍受這樣的氣候。現在已經習慣多了。人類能夠習慣任何事情。

濱倉站和東京站相較，是個很小的鄉下車站。不過這種比較或許完全沒有意義。即使是對地理沒有興趣的小孩子也聽過東京，而濱倉這座城市的規模則和波德里查相去不遠。不，或許我應該感到驚訝的是：來日本之前從來沒聽過的一座城市，竟然和一國的首都擁有相近的人口。

在車站中，我跟隨著為數不多的乘客，上了水泥製的階梯之後又下樓。不久之後就看到強烈的陽光照射進來的出口。我突然停下腳步。我看到左右兩邊都有驗票口，便從襯衫胸前的口袋取出筆記。我對記憶力頗有自信，可是在異國首度造訪的城市和未曾見過的人碰面，還是令我感到相當不安。

8:00 хамакура станица; југ излаз

Мати Татиараи

我環顧四周，尋找南方的標示。我立刻找到綠色導覽板，上面親切地以數國語言寫了答案。

走出車站，強烈的陽光讓我瞇起眼睛。我不禁發出呻吟。站前的風景和東京任何地方看到的景象都不同。東京有巨大的螢幕、打扮時髦的人群，感覺繽紛華麗，可是平面的白色建築和「現代化」的玻璃帷幕大樓沒有任何表情，街上缺少了從容悠閒的氣氛。雖然有很多行道樹，但綠葉與其說給人安寧，更像是出自必須要有綠色的強迫觀念。然而這座城市就不一樣。眼前的建築使用紅磚、黃色瓷磚或是深褐色塗裝，人行道是鮮明的白色，在圓環等待的公車塗了紅色與藍色條紋，同樣色彩鮮明。我感覺自己來到日本之後，首度看見這麼多色彩。

我看看手錶。

時間已經快到八點二十分了。指定時間是八點，所以我差不多準時到達。我想到約定見面的對象或許已經到了，便環顧站前廣場。這個時期的日本迎接夏季長假。我看到好幾個看似旅客、拿著大行李走在一起的人。我也看到在樹蔭休息的老人，以及坐進計程車的勞工。但是我找不到我要找的對象。

也許我來得太早了。我這麼想，又看看手錶，突然聽到：

「伊凡諾維奇先生。」

聲音冷靜而有些低沉。我抬起頭，看到一名和其他日本女性相較個子很高的年輕女人站在我面前。她留著黑色長髮，戴著可以看到眼睛的淡色墨鏡。簡單的白色襯衫袖子長度到手肘上方左右，褪色的牛仔褲看起來也不是很高級。她的肌膚也和墨鏡的顏色相似，晒得有點黑。

我立刻猜到：

「妳是太刀洗小姐的助理吧？她在哪裡？」

然而這個女人拿下墨鏡，用有些腔調但還算流利的英語說：

「不，我不是助理。我就是太刀洗。」

「怎麼可能。」

我笑了。我約定見面的對象沒有這麼年輕。但女人搖搖頭，從掛在肩上的包包取出名片。上面寫著「太刀洗萬智」的漢字，但是我讀的當然是附註的羅馬拼音。

「Machi Tachiarai（萬智・太刀洗）……這麼說，妳真的是……」

「沒錯。歡迎來到日本，伊凡諾維奇先生。很抱歉請你到這麼遠的地方。」

「別這麼說。」

我雖然如此回答，但是或許是注意到我內心的困惑，自稱太刀洗的女人詫異地皺起眉頭問：

「有什麼問題嗎？」

「沒有……」

我不知不覺便一直盯著她。我移開視線說：

「很抱歉，因為妳看起來太年輕了，我還是不太敢相信妳就是太刀洗小姐。」

太刀洗露出苦笑，說：

「這樣啊。我年輕時常被誤認為比實際年齡還大，可是沒被誤認更年輕過……」

雖然說東方人的年齡很難猜，不過她或許在其中也屬於特別案例吧？我不得不這麼想。

「我妹妹說，妳對自己的長髮非常自豪。」

「是的。那已經是十五年前的事了。」

她以有些刻意的動作看看手錶。

「伊凡諾維奇先生，我在 email 中也告訴過你，我的時間不是很多。我希望能夠在工作結束後慢慢談，可是現階段我還不知道自己幾點會在哪裡。你今天有安排其他預定計畫嗎？」

我搖搖頭。

「我這次到日本，行程安排得很緊迫，不過今天一整天都是我自己的時間。」

「我知道了。你這次會在日本待幾天？」
「還有五天。」
「只剩下五天，你卻能用掉一整天？」
「是的……」
「看來你對資本主義還是不太習慣。」
這或許是她表現幽默的方式，但是不太好笑。我聳聳肩。
「我想，你接下來可以在市區慢慢觀光，到傍晚再彼此聯絡碰面。你覺得呢？」
我絲毫沒有猶豫。
「如果不會干擾到妳的工作，我可以跟妳一起行動嗎？」
太刀洗聽到這個提議，似乎有些驚訝。
「是沒關係……不過我想應該不會太愉快。你的時間很寶貴，還是去觀光比較好吧？」
「不。」
我搖頭。
我目前在一家義大利公司工作。我以前在政府單位工作，但是到現在也不得不放棄了。我來日本是為了工作，不過來到這座城市卻只是為了要見太刀洗女士。
她是我妹妹的朋友。我妹妹在日本期間，和幾名日本人交了朋友。其中她覺得太刀洗這個人特別有意思。對我來說，和她見面也可以說是我來日本的目的之一。

其實要是能在東京見面當然最理想，可是她的時間無法配合。她在 email 中提議：「如果真的想要和我見面，可以請你在八月七日到濱倉這個地方嗎？」我接受她的提議來到這裡。我不是來這裡觀光的。

太刀洗似乎看我意志堅定，沒有再問我同樣的問題。她轉身說：

「我知道了，那麼我們走吧。」

我點點頭，跟隨在她後方。

我們坐進在車站前方等候客人的計程車。太刀洗以簡短的語句告知去處。然而髮色斑白的司機沒有回頭，用日語低聲說了些話。對此太刀洗以果斷的口氣說了兩三句。在這段對話中，我只聽懂「Bypass」這個單字。

車子緩緩開始前進。我詢問深深沉入座位中的太刀洗：

「剛剛怎麼了？」

「沒什麼。好像發生車禍了，所以就說要走別條路。」

站前的車流量很大，我們搭乘的計程車也立刻排在等候紅綠燈的長列中。我想要和她談妹妹在日本時的事情，不過她在工作中，我似乎不應該干擾她。

太刀洗的表情不是很豐富，乍看之下會以為她在生氣。如果我對她一無所知，或許會懷疑自己惹她不高興，或者對所有日本人抱持錯誤的認識。但是我聽妹妹說過，太刀洗缺乏表情可以說是她的習慣，事實上她是具有敏銳感性的人。我也聽說，即使是她的朋友也會對她冷淡的態度感到困惑。過了十五年，我不知道太刀洗是否變了，不過至少毫無笑容這一點，和我聽到的一模一樣。

燈號轉為綠色。計程車轉彎，太刀洗就像語音導覽般開始流暢地說話。

「這座城市的兩邊被山環繞，另外兩邊面海，所以地形上很容易防守。也因此，在日本內亂時代，大約十六世紀時，有一族非常強大的戰士以這裡為根據地。現在已經幾乎沒有留下那一族的痕跡，不過當時建造的一座非常著名的神殿仍舊保留下來。我們現在經過的這條路會直達那座神殿。在那裡祭祀的是名為八幡的戰神，不過我們造訪神殿和戰爭沒什麼關係。

神殿有許多供品，代表人們的願望。其中供奉最多的就是『繪馬』。這是畫上神聖圖畫的板子，非常便宜。這座神殿常被介紹為這一帶居民的心靈依靠，但事實上具有虔誠宗教信仰的人並不多。」

我感到驚訝。我不知道太刀洗為什麼突然開始做這些說明。不過看到她望著前方的側臉，我逐漸明白了。我說：

「太刀洗小姐，妳不用替我講解這座城市。我妹妹大概對這種事情很有興趣，可是我來到日本是為了工作，來到這裡則是為了見妳。」

「……是嗎？」

「還有。」

太刀洗瞥了我一眼。我用開玩笑的口氣說：

「妳不用擔心我會覺得無聊。」

太刀洗似乎首度露出些許笑容。

計程車立刻離開太刀洗剛剛介紹的道路，在設有X字形天橋的交叉口轉彎。

這是單邊三線道的大馬路。雖然不至於無法正常行駛，可是相當擁擠。

「車子真多。」

「嗯。這裡是中央道路，是這座城市的大動脈。剛剛經過的天橋所在的交叉口，是通往神殿的道路和中央道路交錯的地方。每天上下班時間都會嚴重塞車。」

我突然感到疑惑。

「太刀洗小姐，妳對這座城市好像很瞭解。妳住在這裡嗎？」

「我？不是。」

「可是妳也不是生長在這座城市吧？」

「你應該也知道我的出生地吧？不是這座城市。我只是為了工作，來過這裡幾次。」

「工作？」

太刀洗點頭，突然望向車窗外。我也跟著望出去，看到好似扭曲的圓柱般、外觀奇特的巨大建築。

「那是什麼？」

「市公所。這一帶聚集了警察局和法院等等，算是城市的心臟部位。」

計程車經過外型特殊的市公所旁邊，太刀洗轉頭看我。她那張東方臉孔似乎在打量般注視著我。

「對了，既然今天一整天都要一起行動，我最好說明一下我目前進行的工作。你願意聽嗎？」

「當然了。」

「那麼，雖然有點長，不過在到達目的地之前剛好可以打發時間。我最初造訪這座城市，是為了調查大學圖書館發生的火災。我有一位朋友是學者。根據他的說法，那座圖書館收藏了非常貴重的古代文書。對這座城市，以及某一方面的學者來說，那場火災造成極大的損失。」

「因為破壞而失去記憶裝置的悲哀，我想我也能夠理解。」

我這麼說，她便稍稍垂下視線。

「……對於這樣的悲哀，你應該理解得更深刻吧。」

這時司機說了些話。我原本以為他也聽得懂英文，因此在我們的對話中插嘴，但並不是這麼回事。太刀洗和司機低聲說了些話，然後或許因為這段對話，計程車進入了狹小的巷子裡。

在只能剛好通行一輛汽車的小巷中，司機非常穩健地行駛計程車。我看著幾乎擦過車窗的水泥製電線桿，緊張得心臟快跳出來了，不過還是詢問：

「妳該不會是在保險公司工作？」

太刀洗瞪大眼睛。

「抱歉，你說在哪裡工作？」

「保險公司。」

她的嘴角泛起笑容。這個笑容和她先前冷淡的表情完全不同，非常人性化。我心想，原來如此，妹妹一定是看到太刀洗這樣的表情而喜歡上她。溫暖的笑容轉眼就消失了。太刀洗似乎對自己流露感情而羞恥，以更嚴肅的態度說：

「不是的。你的推論很有脈絡，可是我並不是從事保險業的工作。我的工作是更……」

她流暢的英語突然變得紊亂。我無法確實聽懂她的發音。

計程車像表演特技般，巧妙地穿過巷子，回到比較寬敞的道路。

「伊凡諾維奇先生，很抱歉沒有機會告訴你。我的職業是記者。」

計程車不知何時已經放慢速度，停在看似學校的建築前方。太刀洗付了錢，我們便下了車。暴力般的熱氣再度襲來。

太刀洗沒有注視我的眼睛，凝視著計程車遠去的道路前方。

「六天前，發生一起十六歲少年刺死三歲女孩的事件。我打算調查這起事件，寫成報導賣給雜誌。」

太刀洗說完，只轉動眼睛瞥我一眼，說：

「我想這個過程應該不會很愉快。你的時間很寶貴，還是去觀光比較好吧？」

2

隨著時間流逝，陽光越來越強烈。

我大概理解她勸我去觀光的理由了。不過小孩殺死小孩固然是悲劇，卻不是罕見的事。我告訴她自己並沒有敏感到無法承受悲慘事件。她說「我明白了」，然後開始向前走。

我們走在柏油路上，彼此沉默了一陣子。太刀洗忽然開口：

「你要聽我說明事件嗎？」

我雖然覺得都可以，不過既然今天一整天都要和她一起行動，如果不明白行動的意義，的確不太有趣。

「拜託妳了。」

太刀洗點點頭，開始說明。她說話時並沒有故意賣關子的態度。

「我知道了。這起事件因為具有煽情要素而引起極大的矚目，但一般認為案情很單純。

被殺害的是名叫松山花凜的女孩。她和母親兩人住在小小的公寓一樓。母親二十歲，名叫松山良子。也就是說，良子在十七歲生下花凜。被逮捕的少年依據日本法律沒有報導姓名。不過如果無名，在說明過程中會有些不方便，所以我就告訴你吧。他的名字是松山良和——你也許發現到了，死者母親良子和被逮捕的良和是姊弟。也就是說，死去的花凜和良和的關係是外甥女和舅舅。

事件發生在八月一日傍晚，地點是良子居住的公寓。事件被隔著低矮籬笆的對面公寓住戶目擊。目擊者是一名老婦。根據我前日見面談話的印象，視力和腦筋都很清晰。

目擊者在事件發生當天聽見男人吼叫的聲音，於是望向對面的公寓，隔著窗戶看到胸前赤裸的花凜，以及跨坐在她身上的良和。他正把小刀刺在花凜身上。後來得知，花凜身上的刺傷超過十幾處，但是死因應該是最初刺在心臟上的一刀。在目擊者證詞中，花凜應該還穿著睡衣上衣，但是這件上衣在警察到達時已經不見了。研判應該是良和帶走的。

目擊者也供稱她和良和視線交接，然後良和就逃出房間，隔天在魚市場附近被發現，遭到警方追捕卻順利逃亡，最後在隔天躲藏在濱倉八幡宮、也就是神殿時被逮捕。他持有染血的刀子，刀上的血和花凜的血型一致。

根據良子的供述，她只有把自己公寓的複製鑰匙交給良和。良和也承認了自己的罪行。如果有任何不清楚的地方，請發問。」

太刀洗的說明簡單明瞭，條理分明。看得出她對這起事件並沒有任何執著，只把它當作日常業務之一來處理。

我思索片刻。

「這的確像是非常單純的事件。有目擊者，犯人逃亡後遭到逮捕……最大的疑問當然是，他為什麼會犯下殺人罪。但是這一點妳接下來應該會對我說明。我想問的有三點。首先，良子和良和的雙親在哪裡？」

回答很迅速：

「他們的母親已經死亡，父親還在世，與良和同住。父親沒有固定職業。他最穩定的收入來源，以前是來自良子的錢包，現在則來自良和的錢包。良和兼差從事幾份工作。」

「原來如此。那麼我想問第二個問題：死去的小孩父親在哪裡？」

「不明。不是下落不明，而是父親身分不明。」

「我了解了。最後一個問題……這起事件發生的時候，母親良子在哪裡？」

太刀洗轉向我，點了點頭。

「這是很重要的一點。」

她的腳步似乎放慢了一些。

「我剛剛提到，事件發生的時間是傍晚，不過說得稍微精確一點，是下午七點前。當時太陽還沒下山，在夕陽光線中，周遭還算明亮。根據良子的供述，她當天的行動是這樣的：

五點左右，她的女兒花凜睡著了，所以她把孩子移到涼爽的地方，出門去買東西。當時她切了西瓜，準備讓花凜當點心。你知道什麼是西瓜嗎？」

「知道。」

「房間有鎖門。她買東西回來之後，房間已經被警察封鎖……她回家的時間是八點半。」

「八點半？」

我忍不住喊。

「她把三歲的女兒一個人留在家裡，去外面買了三個小時半的東西？」

「根據良子的供述是如此。」

「她到底去買什麼東西？」

「她說是買晚餐的食材。」

誰會相信這種話！難道她住的公寓偏僻到買東西需要花好幾小時的時間？要不然，難道這座城市的食材是採取配給制？太刀洗看到我苦澀的表情，輕輕嘆了一口氣。

「這是事件剛結束時採得的供詞。現在警方應該已經得到其他情報。不過很可惜，像我這種人要拿到那些情報，需要一些時間和工夫，有時還需要金錢。」

「妳認為良子在那段時間做什麼？」

太刀洗的態度很慎重。她選擇用詞，緩緩地說：

「誰知道……不過聽說她回到家時已經喝醉了。還有，現場切好的西瓜有一整顆的分量，沒有吃而留下來。一般來說，做為三歲小孩的點心，這樣的分量未免太異常了。」

西瓜這種水果大約有排球那麼大。如果是年輕時還有可能，不過現在的我大概也沒辦法吃下整整一顆。

這時我們來到給人雜亂印象的街道上。相對於車站前原色系的繽紛色彩，這裡呈現的是水泥的灰色、褪色柏油路的黑色，以及生鏽般的紅褐色。幾棟公寓並排矗立，有的屋頂是紅褐色，有的通往二樓的鐵製階梯是紅褐色。另外也有幾棟獨棟房屋，每一戶都被水泥牆環繞。與其說是防禦外敵的圍牆，更像是把屋子塞入狹窄空間的框架。

附近沒有人影。不過繞過街角之後，就看到在一棟平凡無奇的雙層公寓前圍繞著幾個人。其中也有穿著淺藍色襯衫的男人。我知道那是日本警察的制服。太刀洗說：

「這裡也有我的同業。請稍等一下，我去拍些照片，馬上回來。」

「也就是說，就是這棟建築？」

「是的。這就是良子和花凜居住的公寓。」

太刀洗說完，從包包拿出小型相機，走向事件發生的公寓。我依照她的指示，在稍遠的地方等她。我對悲劇現場沒有興趣。在炙熱的陽光下，我注視著為了尋找最適當的場所而在公寓周邊徘徊的太刀洗。

我產生了既視感。我曾經看過好幾次像那樣拿著相機在街上亂晃的人。

不同的是，我看到的人想要拍的不是殺害幼兒的現場，而是廢墟。他們手中拿的也不都是那麼小的相機。有的拿著裝了巨大望遠鏡頭的相機，有的肩上扛著電視台的攝影機。眾多相機持有者造訪我居住的城市，幾乎所有人都懷著批判我們的目的。也有人把麥克風指向我，問我：「你對於你們錯誤的行為有什麼想法？」我記得我回答：這種事在這裡常常發生。我不知道那段影片是否出現在某個國家的某個電視台。

忽然想起這種事，對我來說是家常便飯。這一切都已經過去了，現在不會再使我痛苦。就如同太刀洗不會為了她工作時面對的悲劇而痛苦。

只是非常炎熱。

在我無法承受酷暑之前，太刀洗回來了。她將相機收回包包，對我說：

「讓你久等了。」

「妳的事情處理完了嗎？」

太刀洗正要回答是的，又改口說：

「不，還有一件。」

她從包包取出小小的物件。仔細一看，似乎是指南針。她像捧著寶石般，把它包覆在手裡，比對著眼前的公寓和塗成紅白兩色的指針。

「玄關幾乎面向正東方。」

我以為她在自言自語，不過如果她要自言自語，應該會說日語才對。也就是說，她即使在工作中也顧慮到我的存在。

「我調查過那棟公寓的草圖。從玄關經過廚房到唯一的房間，都是直線排列。在玄關的相反方向，有一道通往晒衣場的玻璃門。目擊者就是透過那道門看到良和的犯行。」

我問她：

「知道這一點又怎麼樣？」

「那天一整天都很晴朗。目擊者看到良和時，他剛好照射到夕陽，拿起自己的刀子刺向花凜。目擊犯罪現場的婦人大概整個視野都被染成紅色。」

「那又如何？」

太刀洗若無其事地回答：

「集結這些細節的描繪，可以寫出更能刺激讀者的報導。雖然不會影響原稿的單價，不過如果得到好評，就更容易得到下一份工作。」

我們再次搭上計程車。這座城市有許多狹窄的道路。就如太刀洗對我說的，大概是一座古老的城市。我看著電線桿擦過距離車身幾公分之處，問她：

「對了，太刀洗小姐，妳為什麼會成為記者？」

她對這個突來的問題似乎感到困惑。

「這是很久以前的事情，我已經忘記了。」

道路在塞車，遲遲無法前進。滿載建築材料的卡車堵住道路，一直等候著右轉的時機。採用黑色系的車內雖然涼爽，但是和車外的氣溫相差太多，讓我感覺不是很舒服。

「妳先前說我對資本主義不太習慣……」

「是的。」

「看來的確如此。有許多事情，我就是無法理解。比方說，妳的工作也是一個例子。太刀洗小姐，妳要如何把自己的工作正當化？」

她並沒有輕易回答我的問題。她緊閉嘴脣，默默思考，但最後搖頭。

「正當與否這種問題太沉重了……我喜歡調查事情，而且比其他人更擅長調查。我只是把它當作生活的手段，並沒有把它當作正當的事情。」

我無法照字面上的意思接受她的說法。在這當中恐怕具有超過言語的某種微妙意涵。只是我和她的文化背景相差太大，而且我們都使用英語在交談。非母語的語言幾乎在所有場合，都不能算是足以傳達心意的工具。

「至少妳不會說自己是正確的。妳是真的這麼想，或者有別的理由？……我想妳應該知道，我並不是在批判妳或妳的職業。只是我真的無法理解，有什麼樣的理由才能執行這種工作。恕我這麼說，沒有人喜歡別人偷窺自己家裡。可是妳的工作不就像是在做這種事嗎？」

「你這個看法，跟你自身的經驗有關嗎？」

太刀洗的聲音非常穩重。

「或許吧。」

她直視著我的眼睛，說：

「如果不會造成你的負擔，可以談談你的經驗嗎？」

「……對妳來說，也許不是愉快的話題。」
「沒關係。」
我雖然不想主動談起這個話題，可是既然被問起，也沒有理由拒絕。我不需要花時間整理要說的話。那是以前的事，也是已經整理過的體驗。我深深沉入座位，開始述說：
「妳應該也知道，我的國家被燒毀了。
對於那場戰爭有很多看法。對於造成無數死亡的戰爭，甚至也有人提出正當化的理論。不過在我看來，那不過就是流氓在爭地盤。我也看過連街道名稱都不知道的傭兵宣稱要守護祖國。
當時也有很多妳的同業造訪。從西歐、從美國，當然也有從亞洲。我一開始以為他們是來幫助我們的。我以為他們會把我們的歷史造成的結果傳達給世人，幫助我們取回公平的和平……但是我馬上知道，不是這麼回事。
他們覺得我們國家的三個流氓當中，只有一個是錯誤的。那當然不是事實。三人或多或少都有錯，而且都是流氓。我認為妳的同業誤解了我們。真相遲早會自然揭露。這才是神的旨意。
但是很遺憾的，這樣的想法太浪漫了。他們一開始就是為了證明其中一人是壞人而來的。」

太刀洗一動也不動地聽我說話。

「他們事先準備好了結論。如果我早知道，就能說得更巧妙一些。

……有一個加拿大人幫助我們。他在聯合國的旗幟之下，為我們冒生命危險，在種種情報受限當中也盡可能保持公平，送給我們食物和燃料。他是我們的朋友。可是對他來說不幸的是，他不知道妳的同業準備的結論。那個加拿大人為了保持公平，被批評為不公平，被你們毀滅了……抱歉，是被他們。

我理解這項工作就是如此。可是我不理解的是，要怎麼樣才能正當化這樣的工作，甚至感到自豪。」

我說完之後閉上嘴巴。太刀洗有一陣子沒有說話，也沒有改變表情，甚至彷彿沒有聽到我的話。

計程車在漫長的沉默中繼續行駛。這時車子已經進入和剛剛同樣寬敞的道路。車窗外的天氣很晴朗。

不久之後，太刀洗平靜地說：

「我會把我調查的事件中最值得注意的部分告訴你。這就是我對你的回答……你願意聽嗎？」

我默默點頭。她從包包取出用夾子夾住一端的幾張紙。

「這是松山良和的手記。」

她喃喃說「希望能夠順利翻譯出來」，然後開始朗讀。

3

寫這篇文章的是我，松山良和。我是憑自己的意志寫下這篇文章。我的精神狀態完全正常。精神鑑定的結果應該也會證明這一點。

殺死松山花凜的是我。

那天天氣很熱，我覺得自己的腦袋好像都要融化了，感覺很不舒服。我那天兼差工作放假，在榻榻米上鋪了薄被躺在上面，一整天昏昏沉沉。我有好幾次想要出門到有冷氣的地方，可是覺得家裡好像還比外面涼快，而且身上又沒錢，所以沒有心情出門。

到了傍晚，我忽然感到胸口不安，很擔心花凜在這麼熱的天氣有沒有問題。花凜年紀還很小，可是姊姊有時會留下花凜出門。姊姊家裡也沒有冷氣，所以我想要去看看情況。

警察詢問過我很多次，不過我真的不是一開始就想要殺她。我常常一時興起就去姊姊家。我等於是姊姊一手帶大的。她生了孩子、搬出去住之後，我對她的感謝依舊不變，永遠不會忘記她對我的恩惠。我絕對不可能預謀殺死她的女兒。

我的交通工具是自行車。沿路上，我沒有遇見認識的人。公寓的門是鎖著的，我呼喚姊姊，沒有聽到回應。我之前也偶爾會在姊姊不在家的時候進屋子裡，所以當天我也自行進入。就如我擔心的，花凜獨自睡在非常炎熱的房間裡。雖然有開電風扇，但是幾乎沒有效果。花凜似乎很熱，皺著眉頭發出呻吟。我覺得她很可憐，想要讓她稍微涼快一點，就打開窗簾，可是夕陽很刺眼，我也不知道該怎麼讓她涼爽一點。我發現花凜流了滿身大汗。

我替花凜脫掉上衣。這一點我也被警察問過好幾次，但是我真的不是要對她進行性侵害。我是這麼認為的。因為被問了太多次，我現在也搞不太清楚了。不過我想我應該沒有那種意圖。

我替花凜脫掉上衣的時候，原本在睡覺的她醒過來了。她一看到我，就放聲大哭。我感到不知所措。我想要讓她知道我是松山良和。可是花凜依舊沒有停止哭泣，所以我雖然很討厭這樣自稱，也告訴她好幾次我是舅舅。可是花凜還是不聽，只是繼續大哭。

我逐漸感到火大。我心想，怎麼會有這麼棘手的生物。說真的，姊姊應該還處於可以自由運用時間的年紀。她守護我免受暴力和貧困傷害。如果把家人看成對人類具有某種目的而運作的工具，那麼對姊姊來說，這樣的工具經常在故障。現在我雖然仍有不足、但總算能夠自立，她原本應該能夠享有自己的時間了，可是又輪到花凜依附在她腳邊。我覺得花凜正占據著我先前的位置。

我突然對無法停止哭鬧的花凜湧起激烈的憎恨。我從口袋拿出刀子。工具會擴張人類的能力。刀子擴張了我的手部機能。這點讓我感到很可靠，所以我總是隨身攜帶刀子。我並沒有實際揮過刀子，但當我揮動刀子，確實感覺到比自己的手更有效率。只刺了一次，花凜就好像離開了自己的身體，向外擴散。

警察問我把脫下來的衣服弄到哪裡。我記得很清楚那件衣服是什麼樣子。那是件薄睡衣，釦子很大，即使是小孩子也很容易穿脫。可是我不知道那件衣服怎麼了。在我以十字刀痕切斷大動脈之前，衣服應該還在。

我覺得只刺一次很不安，所以就刺了花凜好幾刀。那是令人窒息、感受到切膚之痛的體驗。我在不知不覺中發出喊聲。我想就是在那時候，和住在對面的女士視線交接。我對她很抱歉。因為我害她看到不想看的東西。

我對花凜產生的怒火急速消失。很明顯地，那是難以承受的恐怖行為。我拋開一切，只想著要逃跑。

我清楚記得最後刺中的部位。我猶豫著最後要把奪走花凜生命的刀子插在哪裡。我一開始想到胃部，可是我辦不到。最後我刺在頭上。因為我覺得，刺在失去所有回憶的腦部，我的行為或許也會全部消失。當時我真的這樣想。我的想法是否異常，精神鑑定的醫生應該會做判斷。

我從姊姊家逃出來。我心想既然被鄰居看到了，警察應該馬上會來。我很害怕。我跨上騎來的自行車連忙逃走。然後我就逃入了心裡。我在等候有人來迎接我，可是最後來迎接我的是警察。

這就是發生在我身上的一切。我是完全憑自己的意志寫下這篇文章。我只希望有人能夠理解我。

「話說回來——」

太刀洗說：

「從松山花凜的致命傷發現了纖維。」

4

我們進入大型交叉口旁的餐廳。我記得剛剛看過這個地方。她提到通往神殿的道路和中央道路交叉之處，應該就是這裡。窗外的道路目前似乎沒有塞車。

「這座城市附近有優良的漁場，所以魚很好吃。」

太刀洗這樣告訴我，但是這家店的午餐菜單沒有魚料理。我提出這一點，太刀洗毫不在乎地說：

「現在不是產季。再晚一點，就會捕到大量鮮美的魚。」

「那真遺憾。」

「你喜歡魚料理嗎？」

我露出微笑，說：

「喜歡。我的國家靠亞得里亞海，魷魚很好吃。雖然說，義大利料理的世界知名度或許比較高。」

太刀洗似乎欲言又止。她大概差點要說「是的」。不過她後來說的是：

「這座城市有一座被稱作胃袋的大市場。到那裡的話，即使是這個季節，或許也可以吃到好吃的魚。」

我笑著搖頭說：

「其實我也很喜歡吃肉。」

最後我點了葡萄酒燉牛尾。太刀洗點了褐醬燉牛舌。我點的料理似乎有用醬油調味，感覺很新鮮。總體而言，料理沒有話說。不過我們談論的卻是不太適合午餐場合的血腥殺人事件。

「那篇手記廣泛流傳，被認為展現了松山良和的異常性，目前在這個國家變得很有名。我非常擔心我的翻譯是否能夠傳達微妙的含意。那篇文章是以極端冷靜的日語寫出來的。」

我點點頭說：

「關於這一點，傳達得很清楚了。」

「謝謝。」

「雖然有些比喻不太容易理解。像是胸、或是腳……」

接著我們有好一陣子專注於用餐。

我對於太刀洗的回答當然不甚滿意。

我並沒有特別期待回答，但是我向她提出問題，而她讀了殺人犯的手記做為回答。然而我總覺得這樣的回答完全不夠充分。她為什麼要念那篇文章給我聽？我依舊不了解她的意圖。

然而我不打算催促她說明意圖。我確實遭到她的同業嚴重的背叛，但是沒有理由把她也當成不負責任的人。不，憑我妹妹的名譽，我相信她是誠實的人。

等到太刀洗吃完沙拉、燉牛舌、有些黏稠的米飯，桌上端來餐後的兩杯咖啡，她才接續先前的話題。咖啡的味道很淡，不過我已經習慣這種日式咖啡。

「這篇手記變得很有名，來源卻不清楚，不過十之八九是警方的人故意洩漏出來的。目前這個國家的輿論傾向於認為，松山良和的精神狀態沒有問題，但他的人格極度異常，也因此他應該接受一般法庭的審判。或許這就是洩漏這篇手記的人想要看到的。」

「一般法庭？」

「啊……抱歉。這個國家有少年法庭的制度。」

她簡短地說明這個國家的審判制度。這並不難理解。兒童有專為兒童設置的法庭——我能夠了解這樣的想法。

這時太刀洗突然望向窗外。我看到不斷行駛的汽車、巨大的天橋、掛在天橋上的日語招牌，以及炙熱的陽光。我想起先前難以忍受的熱度。不舒服的環境自然而然會使人性變得低落。

太刀洗大概想要用和之前同樣的語調說出接下來的話，但是她的努力卻不能稱得上成功。

「……此刻他的私生活正在被完全揭露。」

「被你們？」

這個問題並非不帶惡意，不過太刀洗只是望著窗外，肯定地說：

「沒錯，被我們。」

接著她又看著我，問：

「你知道『otaku』這個日語單字嗎？」

我覺得好像聽過。然而我感覺到我和太刀洗的對話正進入纖細而微妙的階段。在這種時候，對於不熟悉的字彙不應該裝出很懂的態度。我搖搖頭。這時太刀洗露出難以言喻的溫和笑容。

「那就好。」

「為什麼？」

「使用這個詞可以更簡單地說明，可是不使用它對我來說比較舒服。這個詞的標籤意味太強烈了。總之，松山良和是具有某種小眾興趣的人。這種興趣雖然未必與性倒錯直接相關，但往往被認為有某種關聯。」

「我對於這樣的興趣大概不是很瞭解……」

我為了不干擾太刀洗，謹慎地插嘴。

「那恐怕是在某些文化圈常見的、普遍的偏見吧。」

她點點頭，但又稍微揚起嘴角，說：

「事實上，我自己也不確定是否能完全把它看成偏見……這世上會有不刺激本能的興趣嗎？」

「關於這一點，我也可以當作工作的一環來進行研究。」

我發出苦笑。太刀洗稍稍點頭，然後恢復無表情的面孔。

「總之，因為這樣的理由，松山良和房間有什麼東西、書架上有哪些書，全都暴露在大眾眼前。冷靜地來看，這些收藏並非特別大量或特別異常，但是他的興趣卻和犯罪被連結在一起。

大概有很多人相信他是殘虐的戀童癖者，並且認為這就是殺人動機的基礎。因為我們如此傳達。」

「原來如此。」

「這一來，他就完全被包圍了。」

太刀洗拿起咖啡杯，輕輕貼在嘴脣上。我也伸手想要拿自己的咖啡杯。

「不過警察還沒有把事件交給檢方。」

聽到這句話，我便停住了手。

「……是因為發現纖維嗎？」

「這也是理由之一。」

從被害人的傷口發現纖維。

這意味著被害人是在穿著衣服的狀態被刺。我也發覺到，如果這是事實，那麼就和殺人犯的手記互相矛盾。

根據手記，被殺害的幼小被害人是在被脫下衣服之後哭喊，然後被殺的。如果是這樣的話，在被刺的時間點，她應該沒有穿著衣服。

如果只是這一點，那麼或許可以看做是犯人的異常記述有造假、錯誤之處。然而我記得，目擊他犯案的人說過，他跨坐在胸前裸露的被害人身上。

也就是說，事情發生的過程如下：良和刺了穿著衣服的被害人心臟，然後在這個時候纖維進入傷口。接著良和拔出刀子，把喪命的幼兒胸前釦子打開，再度跨坐在她身上刺了十幾刀。

這樣太奇怪了。而在受到法律支配的這個國家，不樂見留下奇怪的問題沒有解決就結束搜查。至少表面上是如此。

我想到這裡，終於理解到太刀洗為什麼一直保持冷靜的態度。

「妳知道哪裡有問題吧？」

然而她卻反問：

「問題？」

她的聲音當中帶著些許不耐。

「問題在於這篇文章被公開……更正確的說，問題在於它沒有經過加工就被公開了。」

我不了解她話中的意思。

「加工？」

「是的。」

她輕拍放入手記的包包，說：

「這篇文章想必是松山良和本人寫的沒錯。這是嫌犯本人的聲明。伊凡諾維奇先生，在處理情報時最不應該做的，就是直接傳達當事人的發言。你先前說真相總會自然揭露。可是你也發覺到，這種想法太過浪漫。真相是指必須如此才行的狀態。

當事人的發言當然也是必要的。沒有人會相信不含當事人發言的報導。但是這些發言絕對需要加工。如果只需要刪除字句那還好，不過視情況也必須要添加語句，以『根據熟知狀況的人評論』做為前提，在報導中加入我們自己的言論。這最基本的概念。

然而這篇手記卻沒有經過這樣的加工。這是沒有處理過的材料。這種東西很危險。我說問題在於它被公開，就是這個意思。」

我對她的發言感到困惑，最後總算吞吞吐吐地問了一句：

「那是因為……容易引來誤會嗎？」

太刀洗大概對於我的遲鈍幾乎感到憤怒。

「不對……當然是因為有可能會說出事實！」

她的聲音迴盪在只有我們的餐廳。

「松山良和寫道，刀子會擴張自己的手部機能。把工具比擬為人類器官的延伸，可以說是一般常識上的認知吧。同樣地，社會功能也會被比擬為工具。

那麼你認為，我們的工作是人類哪一個器官的延伸？」

我感覺到她在試探我。但是這個問題的答案似乎不用想就很明白了。

「是眼睛吧？」

「然而眼睛所看的，並不是真正存在的東西。」

她明確地說。

「我想你應該也知道，眼睛要看的是人類想看的東西。眼睛充滿錯覺，不會真實反映存在的事物。不是因為眼睛這種器官的物理限制，而是因為排除不想看的東西、用自己想看的方式來看，才會發生這種事。

我們是為了讓讀者看到他們想看的東西而存在。也因此才會調整事實，小心翼翼地加工。這就和眼睛實際執行的功能相同。」

「也就是說……」

我緩緩地說話。

「妳的意思是，闡明真相並不是你們的工作？」

「我的意思是，這不是眼睛的工作。」

我們走出了餐廳。料理的味道雖然很棒，但我的內心卻感到苦澀。太刀洗的言論似乎代表了排除浪漫想法的冷酷現實主義。然而實際上，那只是程度極低的狡辯。

全世界最早的電話報時開始的時候，創始的法國人說：「時間依據廣播報時來調整。」廣播報時的負責人則說：「最近實在很方便。只要依據電話報時調整時間就行了。」

然而即使如此，難道就能說時刻是主觀決定的嗎？她說他們給人看到他們想看到的東西。然而誘導讀者願望的，不就是他們嗎？

……話說回來，回顧我過去的經驗，就會覺得太刀洗說的完全是事實。造訪我國的記者並不羞於預先準備真相。太刀洗的言論清楚說明了這個結構。他們和閱讀他們報導的人就如銜尾蛇般生產出真相。在這個蛇的圓環當中，相信「真相總有一天會傳達」的我，果然不習慣資本主義。

然而老實說，我對太刀洗難掩失望。我已經失去想要和她共進晚餐的心情了。十五年的歲月足以改變一個人。我只能猜想，十五年前的太刀洗或許值得我的妹妹尊敬。我認為這次造訪濱倉市是失敗的。時間已過中午，摻雜溼氣與排煙臭味的空氣變得很燙，讓我幾乎失去意識。

「我們必須跨過天橋到對面。」

太刀洗說。

「……不論你是要繼續跟來，或是要回去。」

我默默地跟隨在她身後。太刀洗似乎充分察覺到我內心的失望。她大概也預期到自己的話會引起什麼樣的感想，然而她還是說出來了。這是我不理解的地方。難道她覺得扮演產生錯覺的眼睛是值得驕傲的嗎？

天橋漆成黃綠色，扶手的漆處處剝落，浮現紅褐色的鐵鏽。寬敞的階梯中央設有讓自行車通行的斜坡，階梯每一級都布滿灰塵而泛黑。太刀洗的腳步很慢，讓我甚至懷疑爬上階梯對她造成很大的負擔。

來到階梯最上方，就看到呈X字型跨越道路的天橋全貌。在這裡沒有任何遮蔽陽光的東西，讓我感覺疲累。然而來到天橋上方之後，太刀洗的腳步不知為何加快了。我發現她的動作有些奇妙。她似乎特別關注扶手的外側。

我已經沒有力氣問她在做什麼。這時太刀洗突然以日語簡短地喊了興奮的話語，讓我不禁也產生興趣。我湊過去看，但她似乎已經忘了我的存在，把身體探到扶手外面，原本一直冷靜的表情也因為興奮而泛紅。

「怎麼了？」

我問她。太刀洗回頭看我，大幅揮了兩三次手，想要說話卻說不出來。接著她深深吐了一口氣，表面上恢復冷靜，說：

「真抱歉，我剛剛想不出英文要怎麼說。因為事情比我想像得還要順利。我以為會藏得更隱密一點……」

她只說到這裡，然後打開肩背包找東西。天橋扶手外側究竟有什麼重要的東西？

我默默地望向太刀洗剛剛看到的東西。

天橋外側設有金屬製的招牌。我看到在招牌和天橋之間，塞了鼓起來的塑膠袋。塑膠袋很薄，想必是購物時放商品用的袋子。那是白色的袋子，但隱約可以看到裡面。我看到花呢格紋般的花紋。裡面裝的大概是布吧？把手伸長，似乎可以摸到。我並不想去拿它，可是忽然想要確認裡面的東西是硬還是軟。我正要伸手的時候——

「ＸＸ！」

太刀洗以非常銳利的聲音阻止我。我完全聽不懂她的意思，只聽到她在喊。她想必是用日語對我說「等等」或「住手」吧。我驚訝地轉向她，看到她一副好像要抓住我的樣子。

那東西看起來像是被丟掉的垃圾袋，為什麼會讓她這麼執著？我感到好笑，不禁露出笑容，說：

「我知道了，我不會碰。」

太刀洗緩緩縮回伸出來的手，切換為英語說：

「這是很聰明的決定。如果沾上指紋，就會很麻煩了。」

我這時想必深深皺起眉頭。我看著太刀洗若無其事地從肩背包取出小型數位相機，思索著指紋和麻煩這些詞的意思。

我對自己的記憶力很有自信。這個能力照例大幅幫助我思考。我發覺到我幾乎能夠解釋自己和太刀洗對話時感覺到的所有違和感。然後我終於理解到她今天造訪濱倉市的理由。我似乎也稍微理解了太刀洗這個人。

太刀洗拿著相機拍攝塑膠袋。

她拍了一張又一張的照片。

在日本，聽到蟬這種昆蟲的叫聲，就會感覺到夏季的到來。這是太刀洗在我們走下天橋時告訴我的。

「但是現在並沒有聽到蟬叫聲。今天的天氣熱到連夏天的昆蟲都沒有力氣叫。」

我們從幾乎無風、但至少還有空氣流通的天橋走下來，回到散發熱氣的柏油路。

我沉默不語，但太刀洗繼續說：

「我會在這裡招計程車。如果你要直接回去……」

『我應該相信我妹妹對妳做的評論。』

我說完苦笑。然而因為我是用自己國家的語言說的，所以太刀洗顯得很詫異。

太刀洗朝著流動的車陣舉手，停下計程車。她看著自動打開的車門，又問：

「你打算如何？」

「上車吧。我也要上車。」

我坐進冷氣開得很強的車內。太刀洗似乎不知該如何告知目的地。我對她說：

「太刀洗小姐，妳給了足夠的線索。」
「哦……」
「由我來說目的地吧。抱歉，可以請妳翻譯給司機聽嗎？」
「你不是要去車站嗎？」
我搖頭。
「不，要去的地方是……燒毀的圖書館。」
在這個瞬間，太刀洗的表情實在很妙。她驚訝地笑了，然後又尷尬地發火。
由於我們遲遲沒有告知目的地，計程車司機顯得有些不耐煩。

5

計程車開往綠意盎然的山區，不久後我們通過大學的門口。入口處有警衛，但我和太刀洗都沒有被叫住。
圖書館遺址大概是我們這趟短程旅行的終點。我原本預期看到焦黑的燒毀遺址，散發著永遠失去無限智慧與記憶的悲哀……但我並沒有看到。這裡的地面整頓得很乾淨，拉起禁止進入的繩子，除了部分地基痕跡之外，已經成了放置建材的場所。根據太刀洗的說法，大學以重建為最優先事項。的確，大學不能失去知識匯集的場所。然而即使建築恢復原狀，要恢復它應有的價值也要花上漫長的時間。

我們走入堆滿了金屬板、柱子、木材等的火災遺址。不久之後，一名瘦巴巴的男人跑過來，以凶狠的語氣對太刀洗說了些話，但是當她從肩背包取出一張紙給他看，便很乾脆地回去了。我問她怎麼回事，她說那男人是大學職員，過來抗議她擅自闖入。而太刀洗給他看的紙張則是大學當局發行、准許她進入這座圖書館遺址採訪的文件。她的準備非常周到。對她來說，這個地點是一開始就在計畫中的目的地。

我們在炙熱的夏季豔陽下汗流浹背地尋寶。圖書館遺址比我想像的還要大，有充分的死角可以隱藏寶藏。

地上鋪著開孔的鐵板，大概是做為踏腳板用。我蹲在鐵板旁邊問：

「太刀洗小姐，我還是不了解：那個男生為什麼要用這麼複雜又不確實的手法？」

太刀洗似乎採取先觀察整塊空地的策略。她交叉手臂，凝神注視，很簡短地回答我的問題：

「……理由應該很明顯吧？」

「是嗎？」

我拿出手帕，邊擦汗邊說：

「他想要保護過去曾經保護過自己的姊姊。這件事本身，或許可以理解為年幼的心中萌生的英雄主義。」

「你還真嚴厲。」

太刀洗微笑，我則聳聳肩。

「沒錯。松山良和是為了掩護姊姊良子，才會假裝自己是犯人。」

事件經過很明顯。良和造訪姊姊和外甥女時，發現花凜被刺中心臟死亡。他認為不在家的姊姊是犯人，為了替她掩飾，因此才拿刀子刺花凜的屍體。他當時大概還自己打開窗簾，想要讓外面的人看到自己的犯行。

「首先，第一個問題是，他為什麼判斷姊姊是犯人？」

「從外在的觀點來看，當他到姊姊公寓的時候，門是鎖著的。他用備份鑰匙打開門進入，看到外甥女已經死了，他當然會以為是姊姊殺害自己小孩之後，自己鎖上房門逃跑的。

然而還有更大的理由，就是心理的觀點。手記上不是提到了嗎？小孩成為姊姊的包袱。我並不認為這是良和的意見。即使是家人，也很難會替對方著想到這種地步。大概是良子自己對良和說過，如果沒有小孩，她就可以更自由。良和因為聽過姊姊抱怨，才會認為良子終於解決掉包袱了。也因此，他才能夠在手記中寫出動機。」

「這是我最不能理解的地方。」

我邊說邊窺探金屬管內。我看到幾公尺前方的地面。

「如果要替姊姊掩護，就不應該寫那樣的手記。如果決定放棄掩護，就不需要採取寫手記的方式，只要說『不是我做的』就行了。」

我蹲著仰望太刀洗，只見她緩緩搖頭。

「他在煩惱……他想要救姊姊的心情應該是真誠的。他對姊姊不幸的人生產生責任感，心想如果可以的話就要替她頂罪。這或許是英雄主義，但其中應該也有真心。然而另一方面，背負殺人罪的恐懼想必也與時俱增。為自己沒有犯下的罪行被定罪——他大概無法承受這樣的恐懼。

矛盾的兩種心情糾纏在一起，讓他內心祈禱著有人發現，卻又以不會被任何人發現的方式告白。伊凡諾維奇先生，我認為他的心情非常明確。」

我並不感到明確，只覺得那是模稜兩可、曖昧不明、充滿矛盾的態度。我不知道是因為我不是日本人才會這麼想，或者是太刀洗對於他人的痛苦格外敏感。

在天橋上發現的塑膠袋裡面，裝的應該是松山花凜穿的睡衣吧。我突然發覺到很大的問題：

「太刀洗小姐，他為什麼要脫下外甥女的睡衣呢？」

太刀洗正在檢視豎起來的夾板反面，聽我這麼問便把它放回原狀，說：

「他到了姊姊家，看到外甥女流血躺在地上，首先會做什麼？」

我立刻得到答案。這是從經驗得知的。

「急救。他要檢查傷口是不是致命傷。即使她很明顯已經死了，還是會想要救她。」

「那麼請想想看：松山良和是個完全沒有醫學知識的小孩，他不願相信外甥女死了，想要確認她的生死，首先會做什麼？」

原來如此。看來是我問了笨問題。

良和想必是隔著睡衣把耳朵貼在心臟附近。如果沒有聽到聲音，他就以祈禱的心情解開她胸前的釦子再聽一次。或者他也可能想要嘗試心肺復甦術，但致命傷在心臟附近，如果施加壓力，體內剩餘的血會噴出來。他不可能用力施壓。

他理解到一切都太遲了。他看到沾滿血的廚刀，相信姊姊是殺人犯，因此打開房間的窗簾，拿自己的刀子刺在女孩屍體上。時間是傍晚，窗戶在西邊。他在刺眼的夕陽中瞇起眼睛，大聲吼叫，想要引起鄰居的注意。

他大概像是處在惡夢中吧。

然而他犯了錯誤。他在女孩半裸的狀態刺下去。衣服上留下了真正給予致命傷時的刺擊痕跡。這樣下去，就等於是犯人刺了著衣狀態的幼兒之後，又脫下她的衣服重新刺了好幾刀。為了解決這樣的矛盾，他帶走了衣服。

太刀洗原本停下手邊動作、默默凝視周圍，但這時她動了。

「在這裡。」

她停在長了雜草的一角。我過去看，果然發現在小小的草叢邊緣，有一處不自然地沒有長出任何植物的地方。

「埋起來了嗎？」

「大概吧。」

「那麼必須要有工具才行。」

我這麼說，太刀洗就打開肩背包，從裡面拿出園藝用的鏟子。這讓我也不免吃驚。

「妳連這種東西都帶了。」

「我想到可能會遇到這種事。」

她拿著鏟子蹲下來。我站著俯視她。她的手臂雖然瘦削而感覺不可靠，但是挖掘乾燥泥土的鏟子卻很有力氣，不斷把洞挖大。我為她不知哪來的臂力感到驚訝，不過立刻想到，如果這個地點最近曾經被挖掘過一次，那麼泥土應該還沒有被壓實。

不需太久的時間，站著的我也聽到「喀」的堅硬聲音。接著從泥土下方露出裝在塑膠袋裡的細長物體。

太刀洗取出手帕擦汗。我說：

「是刀子。」

她稍稍歪著頭說：

「嗯，的確。這是廚刀的一種……日文叫做菜刀。」

太刀洗朝著洞中的白色塑膠袋按了好幾次快門。

我仰望逐漸西斜的太陽，喃喃自語般地說：

「話說回來，妳真的給了足夠的線索。

我感到不可思議的是，我們雖然都不是以英語為母語，可是妳的比喻卻很奇怪。我可以理解妳把神殿比喻成心靈的依據，但是妳提到心臟或胃袋，感覺像是把日語常用的形容方式硬翻成英語。

我一開始以為是因為妳不習慣說英語，可是妳的英語太流暢了，可以毫無困難地和我溝通。

那些比喻全都是要讓我察覺到良和的意圖吧？」

太刀洗仍舊盯著觀景窗，低聲說：

「我並沒有那樣的意圖。」

接著她用幾乎聽不見的細微聲音補充：

「……一開始。」

證明松山良和不是犯人的證據——只破了一個洞的花凜的睡衣，以及做為真正凶器的廚刀——被帶走了。

睡衣藏在天橋。這座天橋以X字型橫跨太刀洗形容為城市大動脈的道路。

——在我以十字刀痕切斷大動脈之前，衣服應該還在。廚刀最初應該是打算藏在魚市場周邊。但是他在那裡被發現並追逐，只好放棄藏匿。

——我猶豫著最後要將奪走花凜生命的刀子插在哪裡。我一開始想到胃部，可是我辦不到。

太刀洗是如何形容魚市場的？沒錯，她說那裡是這座城市的胃袋。結果凶器隱藏在失去所有紀錄的圖書館。良和大概覺得，只要藏在這裡，遲早在這上方會建立宏偉的建築，永遠不會被發現。

——因為我覺得，刺在失去所有回憶的腦部，我的行為或許也會全部消失。

如果把幹線道路比喻為大動脈、魚市場比喻為胃袋，失去記憶的腦部相當於哪裡？如果單是「記憶」，那麼或許是墓地，但我事先聽太刀洗提到過被燒毀的圖書館。

然後他躲入神殿，最終被逮捕。

——然後我就逃入了心裡。

他祈禱著有人發現，卻又以不會被任何人發現的方式告白。這種心境是我難以理解的。然而把都市機能比喻為人體的思考方式卻值得矚目。松山良和在手記當中，曾把家人比擬成人類的工具。乍看好像多餘的那個段落，或許就是誘導讀者汲取手記真實意義的鑰匙吧？

我重新環顧曾經是圖書館的建材堆置場。

「這裡非常適合藏匿凶器。不過我不認為天橋是個好的藏匿地點。那裡雖然是都市的盲點，但是沒辦法永遠隱藏。他為什麼要選擇那裡？」

太刀洗似乎結束拍照，把眼睛從相機移開，用手替自己搧風。

「……應該沒有什麼浪漫的理由吧。睡衣比刀子更占空間，在逃跑時會成為累贅。他想要先藏在不容易被發現的地點，事後再回去拿，可是在那之前被抓住了。大概是這樣吧？」

我聳聳肩。我並沒有意圖在殺人事件中尋求浪漫。

6

從大學到車站之間，是我們最後一次搭乘計程車。

我們在濱倉站北口的驗票口前彼此對看。夏季的太陽遲遲不肯下山，但還是比先前稍微減弱了攻擊性。

太刀洗瞥了一眼手錶。我不理會這個動作，詢問她：

「太刀洗小姐，廚刀留在那裡沒有關係嗎？」

太刀洗連指尖都沒有碰到我們發現的刀子，再度把它埋回土裡。睡衣最終也留在那座天橋上。不用說，那些都是很重要的證據。然而太刀洗似乎比較在意手錶的指針。

「沒關係吧。」

「那些是證據。」

「……如果由記者發現，事情就會變得很複雜。不要緊，警察遲早會發現。我擔心的不是那些證據沒有被發現，而是被警察發覺到我比他們更早發現。不過這點應該沒有問題。」

「警察？妳認為日本警察會發覺到手記中隱藏的訊息嗎？」

太刀洗把視線從手錶移開，笑著說：

「怎麼可能。警察不會採取那樣的手段。」

「那麼……」

「良和之所以釋出那樣的訊息，代表他的決心在搖擺。他無法承受下去——不論是審問，或是他自身的恐懼。再過幾天，他大概就會一五一十地說出自己做的事情。」

的確如此。我不知道日本警察的手法有多幹練，可是應該不至於無法從恐懼的男孩口中得出真相。

我搖搖頭，說：

「對他而言會很痛苦吧？他或許能夠逃離恐懼，但是卻得背負拋棄自己姊姊的罪惡感。」

「或許如此……不過，大概只有十天左右的期間。」

我不理解她在說什麼。難道過了十天，罪惡感就會消失了嗎？雖然說，一切罪惡感終究都會消失，但是十天未免也太短了吧？

太刀洗似乎立刻發現我沒有理解，便很有耐心地說：

「是這樣的：把良和視作犯人的是輿論，把良子視作犯人的是良和。我們完全沒有必要被這些想法束縛。

良子在案發當天八點半喝醉酒回到家。如果她是犯人，這三個小時半在做什麼？她弟弟常常會到她家玩，而當天良和的確也造訪了她家。別忘了，良和持有備份鑰匙。即使是自己的家，凶手也不可能在這樣的狀況丟下屍體不管，三個小時半都在喝酒。

良子在回家之前，顯然對案件一無所知。她一開始就打算離家很長一段時間……至少是讓三歲小孩把一整顆西瓜不只當點心、還要當作晚餐的時間。」

我稍稍苦笑。我覺得她的說法突然變得不合理性。

「她的行動當然很可疑，可是在突然面對死亡之後，未必會採取合乎理性的行動。這並不構成良子不是犯人的理由。」

太刀洗嘆了一口氣。

「……好吧。我原本不打算告訴你詳細的驗證過程。

事情很清楚：良子說過，她把睡著的女兒移到涼爽的地方，可是實際上花凜是躺在通往外面的玻璃門旁邊。她那間房間的玻璃門朝向西邊，在那段時間會直接晒到夕陽，變成那間房間裡最熱的地方。

她當然拉上了窗簾，可是這一來還是無法理解為什麼要把女兒移到西邊。除非她想要悶死女兒，否則有什麼理由要移到玻璃門旁邊？」

這個問題的答案很清楚。我回答：

「為了讓她乘涼。她大概想要打開玻璃門通風，讓女兒能夠稍微涼爽一些吧。」

「我也只想到這個理由……可是屍體發現的時候，玻璃門是鎖上的。為什麼？」

「大概是良和……」

我說到這裡，發現自己的矛盾。

「……對了，良和為了讓別人看到自己的犯行，還特地拉開窗簾。」

太刀洗的表情變得溫和。

「沒錯。而且為了引起注意，還大聲吼叫。他即使有打開窗戶的理由，也沒有關上的理由。你說你無法理解良和寫那篇手記的心境，但是你應該能夠理解這一點：良子出門、到良和來訪之前，還有其他人進入過那間房間。」

我幾乎感到懊惱。我怎麼沒有發現到這一點呢？

「那麼真正的犯人是……」

是從玻璃門進來的嗎？然後在殺害花凜之後，犯人是從哪裡出去的？

良和造訪的時候，除了玻璃門之外，大門也是鎖上的。

這麼說，犯人從玻璃門出去之後，採用某種特殊的方式鎖上玻璃門，或者是從大門出去鎖上。良子的房間靠玻璃門的一側容易被鄰居看到，因此犯人應該不是在引人注目的玻璃門外動手腳。比較自然的推論是，犯人原本就持有房間鑰匙。

可是……

「房間的鑰匙只有良子和良和才有。」

我喃喃地說，但太刀洗很果斷地否定我的想法。

「不對。」

「可是妳確實說過……」

「我說的是，良子只有把備份鑰匙交給良和。

或許有人有機會、也有必要複製良和的鑰匙。那個人有必要一再潛入良子的房間。說得更明白一點，有人因為良子搬出去住，而無法從她的收入抽取零用錢，不是嗎？」

太刀洗強調的口氣，似乎在平靜中暗藏著激烈的感情。我皺起眉頭問：

「可是這一來……不論如何，對良和都是難受的結論吧？」

然而回答這個問題的太刀洗又恢復冷淡的態度。

「如果說他們之間還存在著父子的情感，那麼或許吧。」

不用說，她暗示的是良和與良子的父親，也就是花凜的祖父。他偷偷複製兒子持有的鑰匙，用那把鑰匙進入女兒房間偷東西，因為孫女哭鬧而殺死她。這一來就如太刀洗一開始說的，是非常單純的事件。

她最後不忘謹慎地補充：

「當然，良子也有可能提供偽證，實際上給了很多人備份鑰匙。或者也可能是不動產仲介公司怠忽職守，在先前的住戶搬走之後沒有換門鎖……不過我認為這兩種情況都不太可能。警察應該不會花太多工夫去調查這些基本的事實。」

「如果你要回東京，急行列車馬上要來了。」

太刀洗又看了一次手錶，然後對我說。我把手掌朝向她，制止她繼續說下去。

「在這之前，我想問妳一件事。」

「……什麼事？」

「關於『眼睛』。」

我看到太刀洗瞬間瞇起眼睛。

「妳說過，眼睛會排除不想看到的東西，只去看想要看到的東西。然而如果妳把今天調查的事實寫入報導，就會成為看到不想看到的東西的眼睛。妳的報導會直接否定松山良和是犯人的假說。根據妳的說法，這個國家的輿論不是傾向於替松山良和定罪、甚至揭露他的隱私嗎？在這種情況下，提出別的見解，應該不是『眼睛』的工作吧？妳認為呢？」

太刀洗沒有回答。但是她並不是固執地選擇沉默，只是欲言又止。我感到有些好笑。

「當我問妳，妳要如何正當化自己的工作，妳提出這個事件做為回答。那麼妳就應該解釋這個答案。

……可是如果妳很難啟齒，就由我來說吧。太刀洗小姐，造成錯覺的不是眼睛。眼睛只是鏡頭。只要有光，就會全部映出來。如果影像變得凌亂，那是周圍肌肉的問題。而如果不想看到的東西被排除，那就是……大腦的問題。

如果妳只想要當眼睛，就必須忠於大腦。大腦不想看到的東西，妳就必須讓它看不到。然而根據我的記憶，當我把妳的工作比喻為眼睛時，妳並沒有表示同意吧？」

「……我也沒有表示不同意。」

「那麼，妳能宣告自己的工作是眼睛的延伸嗎？」

太刀洗仍舊無法回答。

「妳一定感到很不高興。洩漏那篇手記的警方人員並沒有發現到那是松山良和的無罪告白。公布那篇文章的人也沒有發覺。良和在痛苦中釋放的訊息沒有得到解釋，而被輿論當成是證明他本身異常性的東西。到頭來，即使他被釋放，應該也很難生活。

關注這件事的人想必會這麼說：『即使如此，那篇手記的確存在』。然而那是『眼睛』的說詞。所以妳在餐廳才會語氣激昂地說，事實應該被加工……我說得對不對？」

太刀洗別開視線，嘀咕了一些話。她說的是日語，所以我無法理解。在這種時候說日語是不公平的。太刀洗自己似乎也對此感到羞愧，斜眼瞥我，小聲說：

「在沒有攝取酒精的狀態，要我回答這個問題很困難。」

我笑了。

「那麼請妳再聽我的一個推論。

假設妳的報導刊登出來，松山良和也閱讀了，他在牢裡不知會感到多麼安心。即使他說出真相，也不會背叛姊姊。或者他可能發現到他會背叛父親而更加猶豫，但總比什麼都不知道的情況更能做好心理準備。

妳是用妳自己的方式，試圖稍微拯救那個可憐的男孩吧？」

我發覺到，在萬物的影子都變得鮮明的夏季陽光下，太刀洗的臉頰泛紅。這是一整天待在太陽底下而晒紅的嗎？

「太刀洗小姐，我妹妹似乎非常了解妳。而過了十五年，妳的個性還是和妹妹看到的一樣，完全沒有改變。」

「……我已經過了三十歲。被說和十幾歲時一樣，也不會感到高興。」

「不過我妹妹能夠和妳做朋友，一定很幸福。」

我想起十五年前妹妹的話。

她說她在日本交了朋友。這位朋友非常純真、正直而溫柔。而且被稱作「船老大」的這名少女很容易害羞。

那位容易害羞的女孩現在成了記者，心中感到自豪，卻因為害羞而不願表達自豪。

……妹妹的往事，至今仍舊像是插在我回憶中的刀子。她的回憶永遠伴隨著在火焰與瓦礫中消失的祖國南斯拉夫，以及自己當時無力的身影。時間降臨在生存者的身上。

「太刀洗小姐，如果妳願意的話，請依照預定計畫和我共進晚餐。我想要聽妳談談我妹妹在這個國家的生活。」

「如果我沒有讓你感到失望的話——」

太刀洗說。

「為了她的回憶，我非常樂意。」

我看到從車站出發的列車。那似乎是前往東京的急行列車。

走鋼索的成功案例

1

救出戶波夫妻，可以說是在長野縣南部的水災中唯一帶來希望的話題。

十二號颱風在八月十六日從駿河灣登陸，風力雖不強，但卻帶來極大的雨量，次日十七日長野縣南半部降下前所未見的豪雨。西赤石市在十七日下午也發布大範圍的避難指示。消防隊員巡邏市區宣導避難，而負責大片農地的大澤地區宣導工作的隊員恰巧目擊土石流發生。

大澤地區北側、靠近山坡的高地上，並排矗立著三戶民宅。當土石流停下來時，其中一戶完全被埋沒，另一戶的建築有一部分被土石削走，沒有損傷的一戶也遭斷絕對外聯絡的方式。這家孤立的住戶就是戶波夫妻。

屋子雖然沒有受損，然而夫妻兩人都超過七十歲，雖然沒有重病，但健康隨時都有可能會出狀況。被土石埋沒的兩戶人家也無法取得聯絡，狀況非常危急。

西赤石市消防總部立刻向松本市提出救援要求，同一天傍晚救難隊就到達，但救難作業卻相當困難。三戶民宅建立在高地，從東側到南側被壕溝般的河流環繞。平常根本不成河流的細流變成滾滾濁流，連唯一的一座橋也被沖走，土石流現場成為無人能夠接近的陸上孤島。不巧的是民宅上空有高壓電線通過，因此直升機也無法接近。北側是山，進入地基鬆動的山非常危險。唯一剩下的西側路徑也被土石封住，不過在研討過後，決定還是冒著危險越過這處崩塌的土石。

實際作業從十八日早晨開始，但救難隊員被泥濘的路面絆住腳步，被倒木與岩石阻擋去路，又因為再次崩塌的預兆而被迫暫時撤退，浪費了許多時間。等到他們逐漸闢出路徑、總算能夠確定救出戶波夫妻的計畫，已經是颱風來襲後第四天，八月二十日早上。

這項救助工作受到全國矚目。長野縣南部豪雨造成兩名死者、五名失蹤者，失蹤者當中的四人連屋子一起埋沒在大澤地區的土石流中。雖然沒有人說出來，但恐怕凶多吉少。縣內各地的交通網斷絕，農損額日益增加，有許多人因為程度不一的房屋淹水而苦。大家覺得受夠了。他們看夠了悲劇，不需要更悲慘的事件。在這場災難的結尾，至少希望戶波夫妻能夠獲救。這大概就是盯著電視轉播的觀眾真實感想。當救難行動即將開始，現場有好幾家電視台的攝影機，數十名記者拿著相機，上空則盤旋著好幾架直升機。

我身為西赤石市的義消，也參與戶波夫妻的救出現場。

從松本市趕來支援的救難隊冷靜地一一化解宛若梅雨般不斷降下的問題，確實接近目的地，終於能夠派遣兩名隊員越過崩塌的土石。

從孤立的屋中救出戶波夫妻的方法有兩個：一個是循著救難隊員進入的路徑（也就是崩塌的土石上方）引導他們離開現場，另一個則是設法渡過水量增加的河流。當救出的時刻來臨，由於抵達目的地前花了很長的時間，水已經退了不少，而且如果要讓戶波夫妻走過救難隊花了整整兩天才越過的路徑，再怎麼想都不切實際，因此不需考慮太久，就決定採取渡河的方式。救難隊射出繩索，固定在河川的兩岸。一名隊員首先抓著繩索渡河，確認流速與河川深度。任務進行得很順利，彷彿這三天的苦戰都是一場夢。過了十五分鐘左右，就判斷出應該可行。

義消負責在下游待命。救難隊會背著戶波夫妻渡河，不過萬一隊員或戶波夫妻被沖走、救命繩索也斷了，我們就要把保麗龍製的救生圈丟入河裡。雖然說如果真的演變成那樣的狀況，救生圈不知是否真的能派上用場，不過我們的職位就等於是最後的城牆。

這天的天氣很熱。雖然說颱風剛過，但是在颱風過後的十八日之後，長野縣連續好幾天處於罕見的酷暑。四名義消隊員沉默不語，只是專注地等候著救難行動開始。穿著橘色救難服裝的救難隊與救護車在上游待命，不過關鍵的戶波夫妻卻遲遲沒有出現。我不斷瞄著防水手錶，可是指針就好像黏住一般動得很慢。我心中交錯著不安與焦慮。就在終於有人說「會不會發生什麼事了」的時候，戶波夫妻和四名救難隊員總算出現。為了避免干擾救難行動而待在遠處的採訪陣營發出低沉的驚嘆聲，也聽到按快門的聲音。現場轉播似乎也開始了，可以看到戴著安全帽的播報員背對著河川站立。我也感受到夥伴緊張的心情，說：

「要開始了。」

我從以前就認識戶波夫妻。

我們家經營雜貨店，我也在店裡幫忙。這座城鎮老年人口日益增加，商店卻一家接著一家關門。尤其是在遠離市區的大澤地區這一帶，有許多人連日常買東西都有困難。於是老爸就買了休旅車開始進行移動販賣，不只賣雜貨，也賣食物與衣服。雖然沒有因此而大賺，不過在這一帶似乎頗受倚賴。我平常負責管店，有時也會代替他進行移動販賣，戶波夫妻也跟我買過許多東西。在偏執老人也不少的當中，那對夫妻總是很和善，見面時即使不買東西，也一定會對我說：「謝謝，你們幫了我們很大的忙。大庭先生真是我們家的救命繩索。」

不論如何，我都希望那兩人能夠平安無事。為此我能做的雖然微不足道，但除了祈禱之外還能做其他事，就已經值得感謝了。

我看到的兩人身影很小。或許因為孤絕三天而筋疲力竭，兩人肩膀下垂，但還是能夠自己走路。他們緩緩走下高地，來到河流前方停下來。先渡河的是丈夫。

背負丈夫的救難隊員謹慎地踏入河水。雖然說水位已經稍微下降，但河流仍舊比平常更深，救難隊員的肚子以下都浸入水裡。隊員雙手握住繩索，緩緩地開始渡河。

我屏住氣息看著這場危險的渡河，拿著救生圈的手也不禁用力。救難隊員一步步地在河川中前進。

不知是否無法忍受緊張氣氛，夥伴當中有人開口：

「好慢。」

我不這麼認為。救難隊員前進的速度的確不能稱得上很快，可是我感受到的不是緩慢，而是可靠。隊員握著繩索的手和緩緩前進的動作感覺都很穩定。戶波先生在被人背負的狀態，也沒有顯得驚慌，默默地任人搬運。我相信一定不會有事。

期待沒有遭到背叛。這三天來不斷襲擊救難行動的災難沒有再度發生，救難隊員安全渡過河川。義消夥伴同時發出嘆息。在岸上等候的救難隊員在拉起夥伴前先拉起戶波先生，把毛巾披到他肩上。數位相機快門的電子聲宛若漣漪般湧起。救難隊員直接將戶波先生引導到救護車。

從河川此岸又有新的隊員渡河前往對岸。他們的動作充滿活力，沒有疲倦的樣子。戶波太太應該也沒有問題。

「成功了！救難行動成功了！」

我望向高亢的聲音傳來的地方，看到不知是哪家電視台的播報員幾乎手舞足蹈，報告戶波先生得救的消息。想到她和透過電視攝影機關注這場救難行動的數百萬人都在慶祝戶波夫妻生還，連我都感到高興。

2

過了一晚。

我們家的店雖然倖免於難，但是移動販賣用的休旅車卻因泡水而需要修理。雖然說在這個非常時期更希望能夠把物資送達需要的人，可是車子壞了也無可奈何。老爸說「店裡只要一個人顧就可以了」，所以我一早就去參加義消工作。

我原本以為大澤地區的土石流現場需要人手，不過卻被告知，警察與消防隊已經著手搜索失蹤者，因此不需要義消。仔細想想，幾十個人跑去那麼小的地方也無法動彈，又有二次災害的危險，像我們這種素人去了大概也只會添麻煩。西赤石市到處殘留水災的痕跡，也因此義消還有無數其他工作。

我們這隊義消受到委託，要把市區道路上散亂的垃圾集中到一處。最終應該會派道路清潔車過來，不過至少要先清除醒目的大件垃圾，否則連支援物資都無法送達。來到市區道路，距離河川幾百公尺的反光鏡上糾纏著溼溼的草，路肩也有輕型汽車被棄置，大概是引擎損壞了。我們在颱風後連日照耀的炙熱陽光下，開著小卡車搬走流木與家具。

到了中午，我和夥伴一起到熟悉的中式餐廳。餐廳沒有營業，不過從小認識的店主笑著說「現在沒辦法做些像樣的菜」，因此拒絕收錢，直接請我們吃午餐。我大口吃著沒有太多食材的炒飯和沒什麼肉的炒青菜。安裝在天花板附近的電視正在播放水災新聞。

「喂，你們看。」

一名夥伴拿著湯匙，用下巴指著電視。我抬起頭，看到螢幕上正播放著昨天救出戶波夫妻的畫面。

『現在救難隊員正緩緩進入河裡，表情似乎有點緊張。從這裡看不到戶波先生的表情……』

記者的聲音不知為何壓得很低。昨天應該有現場直播，所以這應該是錄影重播。不久之後，就如發生在我們眼前的，救難隊員安全救出戶波夫妻。

畫面切換到坐進救護車前的戶波先生。他一再鞠躬，小聲反覆說出的話以字幕打出：

『很抱歉造成大家的困擾……造成這麼大的困擾，實在很抱歉……』

我無法看下去。為了救出戶波夫妻，包含我在內的確有幾十個人參與行動。但是有誰會把它當作困擾呢？即使不以救難為本業的我們這些義消隊員，一心也只希望他們沒事。假設戶波夫妻是因為頑固拒絕避難而被困在屋裡，或許會讓人想要稍微抱怨一下，可是事情並非如此。短時間內降下難以置信的雨量，才導致三座民宅後方的山瞬間崩塌。這不是任何人的錯。退一步想，如果他說的是「謝謝大家救了我們」還可以理解，但是我不想聽到「很抱歉造成困擾」這種話。

畫面右上方出現「賭上性命走鋼索！奇蹟般的救難劇」的字幕。夥伴當中的一人無趣地說：

「那才不是走鋼索。」

救難隊員的確是抓著繩索渡河的，所以用走鋼索來形容不太正確；不過我並不是很在意這一點。我反倒對於接下來的救出「劇」這個字感到不舒服。

戶波先生從螢幕消失，畫面回到攝影棚。評論員旁邊準備了大型看板，以圖示方式解說事情發生的過程。穿著筆挺西裝的年輕男子手拿指示棒，指著圖板各處進行解說：

『由於水災發生，這一帶地區停水，所以被困在屋裡的戶波夫婦也無法使用自來水。電力和電話原本仍舊可以使用……』

一張照片被放大。被扯斷的樹枝倚靠在戶波家的牆壁，仔細看上面還纏繞著黑色的線。我當時沒有發覺到那樣的狀況。

『就是這裡！或許是因為土石流，巨大的樹枝糾纏住配電線，把配電線扯斷了。現在請田中解說員告訴我們什麼是配電線。』

簡單地說，就是從外部電線供電到民宅的線路斷了，使得戶波夫婦無法使用電力。我想起這三天當中，我有時會在晚上去看現場情況，當時戶波家的燈沒有亮。電話線也在同樣的位置，所以也斷了，無法通話。電視上正在談配電線斷掉時應如何處置，不過年輕男子只是反覆地說：

『請千萬不要自行觸碰。一定要等待專業人士到達。』

節目進入廣告，我從電視轉移視線，發現店裡的紅色櫃檯上放著報紙。從颱風來襲的次日開始，報紙就無法在平常時間送達，不過還是都有送來。到了第五天，水災的報導已經不在頭版頭條，不過左上角還是以彩色照片報導戶波夫婦獲救的新聞。長野縣南部水災相關新聞在社會板，因此我放下筷子翻開報紙。

報紙上也提到戶波夫婦的鄰居。我知道住在他們隔壁的是姓原口的一對老夫妻，不過在報上則稱為A夫婦住宅。根據報導，土石流剛好擦過原口家的房屋，埋在土石中的只有兩層樓民宅當中的一樓一角，然而不巧的是，這「一角」正好是臥室。A夫婦……也就是原口夫婦生死不明，仍舊持續在搜索中。

我在大澤地區進行移動販賣時，原口家並沒有向我買過東西。原口先生應該已經將近九十歲了，可是還自己開著輕型汽車去買東西。我有一次建議他跟我們買東西，可是他卻斬釘截鐵地拒絕，說他不會向不知哪來的陌生人買東西。也因此，我對原口夫妻並沒有好感，不過我當然也不會希望他們死掉。土石流發生後過了四天，雖然知道凶多吉少，不過還是希望他們能夠活著被發現。

我用湯匙集中剩餘的炒飯，拿起盤子把炒飯掃入口中。廣告結束，電視再度回到「奇蹟救難劇」的話題。

『事實上，戶波夫妻這次生還的背後，有一段父母與孩子之間不為人知的親情故事……』

「故事？」

夥伴發出怪異的叫聲。

「親情故事要怎麼在那種情況救出他們？」

救出戶波夫妻的是松本市的救難隊，不是其他人。我對於自己和昨天的救難行動稍微沾上邊而感到驕傲，對於這項「功勞」被塗改為親情故事感到有些厭惡。我再度注視電視，想要知道詳情。重現影片開始了。

『今年元旦，三男平三一家睽違數年，終於拜訪老家。』

影片不知為何製作得偏暗，畫面中出現包含小孩在內的三人。

接下來提到這位三男與戶波夫婦的爭執。說是爭執其實也沒有多嚴重，只是當年三男無論如何都想要去都會地區念大學，而戶波夫婦則主張念哪一所大學都沒關係、但無法支付私立大學的學費，因而導致口角。戶波夫婦三個小孩各自離開故鄉成家，雖然在盂蘭盆節會回來，但是已經有很長一段時間沒有在新年回家。三男也在就讀大學的福岡結婚。

『平三為了讓父母見到孫子，因此在新年造訪老家，臨走前留下某樣東西。這個東西在這次災難中救了戶波夫妻一命。』

黑暗的畫面中，聚光燈照亮類似餅乾盒的東西。

「洋芋片？」

夥伴這麼說也無可厚非，不過我一眼就知道那是什麼。畢竟出現在電視中的是我們家也有在賣的商品。

『玉米片。平三為了平常不方便買東西的戶波夫婦，買了可以隨時吃、又能保存的食物。』

這不是事實。

我雖然不知道那個人是三男平三，可是我現在的確想起來，今年冬天在戶波家附近賣給陌生男子玉米片。我記得他說，「小孩子早上只肯吃玉米片」。那不是為了雙親買的保存食品。他一次買了好幾盒，所以大概只是把住宿期間沒吃完的份留在戶波家。

『戶波夫婦在與外界隔絕的三天內，就是吃了這些玉米片才撐過來的。兩人是這麼說的。』

重現影片出現戶波夫婦的聲音。聲音有些模糊，再加上沒有本人的影像，所以或許是電話採訪。

首先是太太的聲音。

『這個嘛，我們也不知道怎麼吃，所以就依照盒子上的說明來準備。真的很感謝兒子。』

先生繼續說：

『我牙齒不好，所以根本沒辦法吃，不過在等待中就變得容易入口了。總之，很感謝三餐都有東西吃。』

重現影片結束，電視上出現普通上班族風貌的三十幾歲男子。我的確好像看過他。男人似乎有些緊張，不過還是無法隱藏喜悅，瞇起眼睛笑著。

『平三先生是這樣說的。』

接續著旁白出現的是平三的聲音。

『想到我買的保存食品能夠幫上爸媽，我真的很高興。我當時跟他們說，遇到緊急情況有食物才安心，硬是留下來，真是做對了。』

電視畫面回到攝影棚，解說員開始述說儲備食品的重要性。我覺得沉默不語也很奇怪，便說：

「那個玉米片是我賣給他的。」

然而這段發言並沒有引起夥伴們的興趣，只得到「我想也是」或是「去跟電視台說吧。可以替店裡宣傳」這種漠不關心的回答。不過這種事大概也沒什麼好談的。這時大家都吃完午餐了。沒有人開口，眾人就自動站起來，向中華料理店的店主道謝之後，再度開始下午的工作。

還不到日落，堵塞道路的大型垃圾就大致清理乾淨。在夕陽中，我回到兼作店鋪的家裡，遇到一名意外的訪客。

我看到一個長髮女子站在我家門口，仰望著二樓。我正要問她有什麼事，就發現對這張側臉有印象。真令人懷念，不知道已經幾年不見了。站在我面前的是我的大學學姊。

「妳怎麼會到這裡……太刀洗學姊！」

太刀洗學姊轉向我。或許是因為難得重逢，向來面無表情的她也泛起些許笑容。

「大庭，從畢業以來就沒見過面了。」

「真不敢相信。大概十年沒見了吧？」

「的確。你變了很多。」

我摸摸自己的頭。學生時代我一心想著不要變成老爸那樣，可是畢竟是遺傳，這幾年我的髮際線已經退後許多。

「也許吧。」

我邊說邊看著太刀洗學姊。她背著容量很大的肩背包，穿著能夠承受酷暑的薄衣。光澤亮麗的頭髮、細長的眼睛、小而薄的嘴脣，都和記憶中相同。學姊難道沒有經歷這十年的風霜嗎？我忍不住嘆一口氣，低聲說：

「……妳好像都沒有變。」

這時她以記憶中所沒有的溫和聲音說：

「還真傷腦筋。」

我是指她的容貌，不過她似乎解釋為別的意思。或者也可能是故意曲解吧？

太刀洗是大我一屆的大學學姊，不太愛說話，也不常參加聯誼之類的，不過每次見面都會留下很深刻的印象。在研討課時我常常遭受她批評，不過我知道她的評論雖然嚴厲，但不是出自惡意，因此能夠欣然接受。我當時仍保留著高中時「接受教導」的態度，但從太刀洗學姊的態度，我了解到在大學求學的基本是「主動學習」。現在的工作雖然沒有直接利用到在大學習得的知識，不過我很慶幸能夠在學生時代確立這種主動學習的態度，或者應該說是面對這個世界的立足方式。雖然說這一切並非都是向太刀洗學姊學的，不過有一部分的確如此。

我萬萬沒有想到還有機會能夠見到她。我忘記從早上一直從事體力勞動的疲累，高興地說：

「很高興看到妳這麼有活力的樣子。我記得妳好像進入東洋新聞工作吧？」

太刀洗搖頭說：

「因為發生一些事情，所以我辭職了。」

「……這樣啊。」

「我現在是自由工作者。」

她邊說邊遞給我一張名片。名片上的頭銜是「記者」。我雙手接過名片，仔細看過之後，問她：

「那麼妳是來這裡採訪的嗎？」

這個問題是多餘的。西赤石市才剛剛發生過觀測史上史無前例的豪雨，當然不可能是來觀光的。

「是的。我想問一些事情。」

「問一些事情？問誰？」

「有幾個人……首先是你。」

「哦，問我？」

我不小心發出愚蠢的聲音。

額頭上的汗水滴落，讓我回到現實。太陽已經西斜，但氣溫似乎完全沒有變涼。這種天氣不適合站在外面聊天。

「總之，先進來坐坐吧。至少可以請妳喝杯冰麥茶。」

太刀洗學姊以若無其事的表情說：

「太好了。我剛好感到口渴。」

家裡的一樓幾乎都是雜貨店的東西，我和雙親在二樓生活。看店的老媽似乎聽到我們的對話，對於美女來訪並沒有產生奇怪的念頭，只是鞠躬說：「兒子承蒙妳照顧了。」

我和太刀洗學姊來到做為起居室的六個榻榻米大的房間，隔著矮桌坐下來。我在客人用的茶杯倒了麥茶，但是先前還說口渴的她卻只喝了一半。她把茶杯放在杯墊上，說：

「昨天真是辛苦你了。」

昨天發生許多事，不過我被人看到的機會大概就是在救出戶波夫婦的時候。然而電視或報紙並沒有報導我們這些義消在場，中午看到的影片中也沒有出現。這種情況只能想到一個答案：

「妳也在場嗎？」

她點頭。

「現場不是聚集了很多新聞媒體嗎？我就在那當中。」

「我沒有發現。妳是怎麼認出我的？」

「因為距離很遠，所以我一開始沒有自信。我聽說過你是長野縣的人，可是我沒想到會在那種狀況遇見大學時代的學弟。我拿出雙筒望遠鏡看過之後，總算確認是你。」

「望遠鏡？」

「這是我常用的工具。」

太刀洗學姊說完，伸手去拿放在榻榻米上的肩背包。我只認識學生時代的她，聽到她有愛用的工作用具，感受到歲月流逝，不禁覺得有些寂寞。我為了揮去這樣的心情，笑著說：

「妳當時如果叫我一聲就好了。」

「我不能這麼做。你的工作是在緊急時拋入救生圈吧？」

「沒關係，反正我們也不會有出場機會。」

太刀洗學姊冷淡的眼神突然正視著我，說：

「不，你的態度非常認真。」

聽到意想不到的話語，我曖昧地笑了笑，為了隱藏心中的緊張而拿起麥茶來喝。當所有人都在關注戶波夫婦渡河時，我沒有想到有人在看我。

我咳了一下，放下杯子。

「……對了，妳說想問我的是什麼問題？」

「這個嘛……」

太刀洗學姊的態度似乎稍微改變。

「首先，我可以記筆記嗎？」

「請便。」

她從肩背包的側面口袋取出皮革封面記事本和原子筆。

「首先我想跟你確認，販賣生活用品給戶波家的，是你們家的店沒錯吧？」

我不禁語塞。

「請問，妳是在哪裡得到這個消息？」

我雖然沒有保密，但也沒有公開宣揚過。

太刀洗學姊顯得有些困惑地說：

「沒什麼好驚訝的吧？戶波家附近沒有商店，戶波夫婦似乎也沒有車子，那一帶應該也沒有公車經過。我想到他們不知要怎麼買東西，詢問附近的人，就告訴我大庭商店會到那裡進行移動販賣。」

「哦，沒錯……」

聽她有條有理地說明，的確沒什麼好奇怪的。

「戶波家的確是我們移動販賣的客戶。」

「那一帶還有其他商店進行移動販賣嗎？」

「沒有。」

她隔了半拍，用稍微緩慢的語調再度問我：

「真的？」

是不是真的？我並沒有仔細想過。我仰望天花板沉思。販售生活雜貨的店只有我們，不過從整體移動販賣業來看，的確還有其他人在做生意。

「瓦斯和燈油是由零售店家家戶戶補充的。瓦斯的話，是採取換瓦斯桶的方式。我小時候也看過賣豆腐和晒衣架的車子，不過最近應該沒有了。」

「原來如此。」

「還有，應該也有資源回收吧……我不太清楚。」

太刀洗學姊的表情變得柔和。

「謝謝你。也就是說，食品類應該大部分都是跟你們買的吧？」

「不，應該不是這樣。」

我不加思索地回答，太刀洗學姊也立刻說：

「喔，對了。我太大意了。那一帶有很多農田，戶波夫妻應該也有自己的田地。」

「是的。而且他們應該也有交換多餘的農作物。」

「原來還有這樣的情況。那一帶也有人從事畜牧業嗎？」

「或許有些人家有養雞，不過應該沒有專門從事畜牧業的。」

太刀洗學姊點頭，以極快的速度動筆。我此刻才想到：她究竟想要知道什麼？大澤地區沒有商店、缺乏交通工具的老人家在日常生活中感到不便的現況的確有問題，然而當這個地區剛剛經歷前所未有的豪雨，她應該不是來調查這一帶買東西有多困難吧？

我們家的生意和這次水災之間的關聯，我只能想到一件事：就如我剛剛在中式餐廳和義消夥伴提到的，戶波夫婦與外界隔絕時吃的玉米片，是跟我們的移動販賣車買的。這是大庭商店和水災唯一的關聯。我雖然推測到這一步，但是不知道接下來該如何思考。所以我決定單刀直入地問：

「那個，請問……妳想要知道什麼？」

她在短暫的沉默之後回答：

「我還不知道。有件事在我的直覺中感到奇怪，可是要再做一些調查，才能釐清是不是真的無法說明。事情也可能非常單純。」

「妳想要知道戶波家買的玉米片的事情吧？」

太刀洗學姊聽了，似乎覺得理所當然，面不改色地點頭。

「沒錯。」

「那麼妳為什麼不直接問：『是不是你賣給他們的？』還繞這麼大的圈子！」

她放下筆，伸手拿起杯子，緩緩地舉到嘴邊。她無聲地把杯子放回杯墊之後，稍稍把頭側向一邊，說：

「這種問題不應該問吧？」
「為什麼？」
「你想想看。」
她這麼說，讓我有瞬間回想起學生時代。她總是不會輕易回答問題。
「如果我要求你告訴我，你賣給自己的客戶什麼東西，你會回答嗎？」
……啊，原來如此。的確沒錯。
「我當然不能隨便告訴別人客人買了什麼。除非經過本人同意。」
「如果是警察詢問又另當別論，可是我又不是警察。我不想提出會讓回答者心存疙瘩的問題。」
接著她又小聲地、彷彿自言自語般說：
「盡可能不提。」
我感到心情複雜，也感到有些寂寞。太刀洗學姊的態度雖然很正當，但是我並不是萍水相逢的陌生人，她應該可以更依賴我才對。
「那麼有其他我可以回答的問題嗎？」
我不禁說出內心的話。太刀洗學姊凝視我的臉孔，臉上隱約泛起笑容。
「有一件事，希望你務必能夠告訴我。」
「什麼事？」

「這家店最後到大澤地區進行移動販賣是在什麼時候？」

這個問題簡單到有些出乎我意料之外。

「我們每個星期一和四會前往大澤地區。上星期四因為颱風沒辦法去，所以是星期一……呃……」

我急忙改口。

「上星期一是十四日，碰到盂蘭盆節放假。所以應該是上上星期四。」

「也就是十日吧？」

「是的。」

我差點說出玉米片是戶波平三在今年一月買的。可是我不能辜負太刀洗學姊的體諒，只好把話吞回肚內。戶波平三在電視上也說過，那是在新年返家時買的，所以已經是眾所周知的事實，說出來應該也沒關係。而且太刀洗學姊大概也看過了……難道是智者千慮、必有一失嗎？她放下筆，看著自己剛剛記下的筆記。

「八月十日。」

我是不是應該告訴她？我正這麼想著，太刀洗學姊便輕輕闔上記事本。

「謝謝你，大庭。這一來就容易思考多了。」

我完全不明白她的問題是什麼、什麼事情變得容易思考。她會不會果真懷著某種誤會？我正想著，她就對我鞠躬說：

「謝謝你在這麼累的時候還接待我。很高興跟你見到面。」

說完她準備站起來。我也跟著起身。

「不……我也沒有提供什麼情報。對了，妳接下來要去哪裡？」

太刀洗學姊背起肩背包，對我說：

「我打算要去採訪戶波夫婦。」

「戶波夫婦？」我不禁重複一次。

「是的。雖然有點困難，不過還是得去見他們，才能結束這次採訪。現在過去的話，應該還不至於因為太晚而造成困擾。不過他們大概也很累了，所以或許今天沒辦法談。我會試著堅持到明天。」

「我也可以一起去嗎？」

我自己也對自己說的話感到意外。我想要看到戶波夫婦健康的樣子，也想要知道太刀洗學姊到底在想什麼。不過我想要同行的最大理由，或許是想要和睽違十年偶遇的學姊多聊些天。太刀洗學姊似乎很驚訝，細長的眼睛微微張大。

她沒有問我理由，只是稍微想了想，然後說：

「好吧。不過——」

她加上了條件。

「如果是我猜錯，那就很抱歉了。還有，即使戶波夫婦不願意接受採訪，也希望你不要勸說。我不希望破壞你和客戶的關係。」

「我知道了。」

「還有，如果因為你在場而不方便談話，有可能會請你離席。」

我不太理解最後的條件。如果說他們有些話只能告訴認識的我、無法告訴初次見面的太刀洗學姊，那還比較可能，可是太刀洗學姊卻想到相反的情況。我感到詫異，不過還是點頭。

3

大澤地區的水似乎退了許多，不過戶波家一帶有再度發生土石流的危險，因此限制進入。戶波夫婦好像是住在指定為避難所的大澤公民館。

我們搭乘我的 Prius 汽車前往。移動販賣用的休旅車故障了，不過這台 Prius 因為停在離家稍遠的停車場，所以沒事。我沒有想到有機會用這台車載太刀洗學姊，內心慶幸我把它保持得很乾淨。

我們在車內幾乎沒有談話。太刀洗問了幾個義消活動的問題，我也回答了。進入大澤地區時，手機響了。太刀洗學姊對我說了聲「抱歉」，接起電話。

「喂……嗯，沒關係。我知道了，謝謝。」
她只說了非常公務化的單字，掛斷電話之後，看著前方說：
「原口夫妻的遺體被發現了。他們是戶波家的鄰居。兩人都已經不行了。」
我屏住氣，只能勉強說出：
「這樣啊……」
聽到那個莫名其妙罵我的老先生死了，我也沒有特別悲傷，只是更深刻體會到生命的無常。
「另一戶的搜索工作也還在進行，只是那邊好像碰到困難。」
「那棟房屋被完全埋起來了，應該會很困難。」
我嘆了一口氣。
「總之，只能說光是戶波夫婦獲救就值得慶幸了。」
我們看到大澤公民館。這棟建築的屋頂和牆壁都覆蓋著鐵皮，看起來很冷漠，只有玄關使用原木建造得很堂皇。停車場相當寬敞，大概可以停放二十輛普通汽車。這裡也常舉行喪禮，所以不會白白浪費這麼大的空間。
我把 Prius 停在停車場一角。打開車門，彷彿比中午更潮溼的熱氣朝我整個人撲來，讓我立刻感覺到汗水滲出。
停車場沒有其他車子。中午的電視大幅報導戶波夫婦的新聞，所以我原本以為會有一兩台轉播車。

「其他記者好像沒來。」

「電視台應該在昨天就問完想問的問題了……我原本以為可能會有雜誌記者來。看來運氣不錯。」

聽太刀洗學姊提到運氣，讓我感到有些不協調。就我對她的印象，她應該是那種不問運氣好壞、盡全力得到結果的務實個性。話說回來，她也無法操控其他記者會不會來採訪，所以我也能理解她說運氣很好的理由。

公民館的門沒有鎖。太刀洗握住門把，拉門就發出喀啦喀啦聲打開了。玄關的地面上並排放置著幾雙戶外用尼龍涼鞋，但是只有兩雙沾滿泥土的鞋子。現在戶內大概只有戶波夫婦。雖然是公共設施，不過既然知道有人在，好像就不應該不打招呼就進去。我正想著該怎麼辦，太刀洗便開口說：

「打擾了。」

「……好的。」

大澤公民館並不是很小的建築。考慮到地區人口，這座公民館超乎比例地大，房間數量也很多，可是回答聲卻從很近的地方傳來。

不久之後，戶波先生就出現了。他令人心痛的姿態讓我不忍直視。上次近距離見到他，不知是什麼時候了——應該還不到一個月前。然而戶波先生卻臉頰凹陷，眼神也缺乏活力，好像一口氣老了十歲。他看著我而不是太刀洗，勉強擠出笑容說：

「啊，大庭先生。謝謝你來看我。」

我走向前一步，遞出從店裡帶來的羊羹。

「很高興你們安然無恙。這是我帶來的禮物。」

戶波先生瞪大眼睛說：

「怎麼可以。造成大家困擾之後，怎麼還能收下禮物……」

「請別說這種話。最重要的是你們沒事。這只是小小的一點心意。」

「可是……」

「這個可以放很久，不妨請別人一起吃。」

在一陣推辭之後，他總算收下來了。戶波先生恭敬地捧著羊羹，就像收到金條一樣。接著他看著太刀洗，問：

「這位是？」

太刀洗學姊鞠躬，說：

「很抱歉突然打擾。我叫太刀洗，是一名記者。我知道你們應該很累了，不過可以請你稍微談一下這次的水災嗎？」

戶波先生聽說她是記者，動作停了一下。他的臉痛苦地扭曲，只有眼神像是在問我，為什麼會帶一名記者過來。我面對他的視線，不禁辯解：

「她是我大學的學姊。她說想要來採訪，我就請她讓我同行。」

戶波先生立刻從瞬間的狼狽恢復原狀。雖然表情還是有些僵硬，但他深深地向太刀洗回禮。

「那真是辛苦妳了。站在這裡說話也很失禮，可以請妳到屋內談嗎？」

「不，我不好意思打擾你們太多時間。」

「是嗎？不過既然都來了……這裡不是我家，這樣說不太適合，不過請別客氣。」

「……那就恭敬不如從命了。」

太刀洗學姊脫下鞋子走入館內。我也跟隨她進去。

戶波先生帶我們到玄關旁邊的小房間。這間鋪了榻榻米、大約有四個半榻榻米大的房間裡，放了一張圓形小矮桌。戶波太太彎著腰，坐在淺褐色的坐墊上。大澤公民館還有很多更寬敞的房間，而且都沒人使用，然而戶波夫婦卻選了這間小房間。我可以充分察覺到他們的心境。

戶波太太看到走入房間的太刀洗，站了起來。她的眼神不知為何充滿恐懼。戶波先生簡短地說明：

「這位是記者。她說想要採訪我們。」

戶波太太緩慢地輕輕點頭，朝著太刀洗微笑，說：

「那真是辛苦了。雖然很想端茶出來，可是畢竟……」

「這裡的茶葉也是市政府的物資，很抱歉沒辦法好好招待妳。」

戶波先生替她說完並且鞠躬。太刀洗學姊的表情似乎有些僵硬，說：

「不用麻煩了。我馬上就會回去。」

戶波太太又喃喃說了兩三次很抱歉沒辦法招待妳，然後總算發現到我的存在，驚恐地垂下視線。

四個半榻榻米大的小房間裡只有兩張坐墊，因此有兩人必須坐在榻榻米上。戶波夫婦想要把坐墊讓給我和太刀洗，但是我們都堅決拒絕了。他們不情願地接受，四人總算圍繞著矮桌坐下，這時我已經感到窒息，想要趕快回家。

「這次災難真的是辛苦你們了。」

太刀洗學姊開口。

「我們造成這麼多人的困擾，實在不知道該如何道歉。」

戶波先生邊說邊低下頭。太刀洗學姊沒有記筆記，只是淡淡地說：

「就連氣象廳也沒有預測到那麼嚴重的豪雨。我訪問過這次參與救援的人，大家都說很高興兩人沒事。」

最後她也說：

「我也有同樣的感受。」

也就是說，太刀洗學姊想要表達沒有人能夠預期土石流，也沒有人因為救援行動感到困擾，想要藉此鼓勵兩夫婦。只不過她的說話方式太冷靜了，因此她的意思大概沒有傳達給戶波夫婦。戶波夫婦似乎沒有明白她說了什麼，仍舊只是含糊地說：

「哦，真的很抱歉……」

太刀洗學姊迅速瀏覽這間房間，問：

「你們是昨天住進這間房間嗎？」

戶波先生點頭，緩緩回答：

「是的。消防隊的人對我們非常親切，昨天先帶我們到醫院——託大家的福，醫生說兩人的身體都沒有問題，所以我們以為可以馬上回家了。可是市公所的職員都說，屋子可能還有危險，又還沒有恢復電力，所以就帶我們到這裡，還提供我們棉被和食物，真的很抱歉。」

每一句話聽起來，都好像很謹慎地避免說出不該說的話。這三天來受到全國矚目、還被現場轉播救援場面，難道就會讓他們如此愧疚而縮起脖子嗎？我身為義消隊員，原本只想要幫忙救出戶波夫婦，但是我開始搞不懂自己到底做了什麼。

太刀洗學姊即使聽了戶波先生悲痛的語調，也沒有改變表情，只是問：

「你們得到充分的休息了嗎？」

戶波先生說了那些話之後，似乎輕鬆了些，表情也稍微和緩。

「是的，託大家的福……我們得到充分的休息。」

太刀洗學姊轉向戶波太太，戶波太太也露出笑容說：

「我本來擔心枕頭不合，不過託大家的福……」

「那真是太好了。」

太刀洗學姊的聲音變得有些溫和。

戶波夫婦在九死一生中倖免於難，如果因為心理壓力而晚上睡不著，我會感到非常心痛。聽到他們說得到休息，我感到稍微輕鬆一些。

四個半榻榻米的房間瞬間變得寂靜。

我雖然不是觀察很敏銳的人，但是在這瞬間我很清楚地明白，前言已經結束了，接下來才是正題。

即使到現在，我還是不懂太刀洗學姊到底發現什麼問題。她也承認她在意的是關於玉米片的某件事。到底有哪裡可疑？戶波平三是在今年一月買的玉米片。比方說……也許他現在為了完全不相關的事件受到懷疑，必須證明一月時人在哪裡？

「記者小姐。」

戶波先生戰戰兢兢地開口。

「妳想問的就只有這些嗎？」

「不。」

太刀洗學姊的聲音仍舊很清晰明確。

「有一件事我希望能夠請教你們。」
「什麼事呢？」
「在這之前，我想要先提一下：如果你們希望大庭離席，請告訴我。」
戶波夫婦不安地面面相覷。太刀洗學姊等候兩人點頭，然後說：
「那麼我就問了……請問你們用什麼來泡玉米片？」

這是什麼問題？
她來到籠罩在水災恐懼中的西赤石市，訪問包括我在內的許多人，還見到關鍵的戶波夫婦，卻是為了問這種問題。我不禁懷疑自己的耳朵。泡什麼都可以吧？太刀洗學姊究竟怎麼了？該不會在大學畢業後經過十年以上的歲月，她選擇以別人吃飯的方式做為自己最重要的主題？
……然而被問到的戶波夫婦反應卻超乎我的預期。
戶波先生一動也不動，疲憊的臉孔像石頭一樣僵硬，默默地盯著太刀洗學姊。
戶波太太則和他相反，不斷來回看著她的先生與太刀洗學姊。
太刀洗學姊以不變的語調繼續問：
「我聽說你們的兒子平三買了玉米片，放在你們家裡，而兩位在這次水災中吃了那些玉米片。當時你們是用什麼來泡玉米片？」

第二次問話時，戶波先生的表情變了。

他凹陷的眼睛變得溼潤，然後迅速湧出大顆眼淚。

「那是……」

「親愛的！」

戶波太太制止他，但戶波先生搖頭。

「沒關係，不用隱瞞了。」

「親愛的……」

「這不是妳的錯。完全是我的錯。」

戶波太太聽到他如此安慰自己，低頭開始嗚咽。

戶波先生擦拭了一次淚水，挺直背脊，以比先前沙啞的聲音說：

「妳剛剛說妳叫太刀洗吧？真的很謝謝妳……問了這個問題。既然遲早都會被問到，我寧願早點被問。謝謝妳。」

接著他瞥了一眼還沒搞清楚狀況的我。

「妳既然帶了大庭先生過來，應該已經大概察覺到了。」

「我有些自己的假設。」

「這樣啊……沒錯，我們使用牛奶來泡玉米片。」

這是很普通的吃法。

雖然最近也開始聽說有人用豆漿或優格來泡，但是主流應該還是泡牛奶來吃。戶波太太在電視上應該也說過，她因為不知道吃法，所以看著盒子上的說明來準備。也就是說，戶波夫婦並沒有以奇怪的方法來吃玉米片。

「那麼……」

「是的。」

戶波先生點頭。

「需要有冰箱。」

我覺得自己好像遭到當頭棒喝。冰箱！

原來如此。

冰箱是絕對必要的。在本月十七日颱風十二號襲擊長野縣南部之後，長野的天氣熱到不行。

然而戶波夫婦取得牛奶的時間很可能是本月十日。他們住在沒有公車路線的大澤地區，平常利用我們的移動販賣服務購買食品，但是上星期販售日的十四日，因為遇到盂蘭盆節而放假，接下來的販售日又因為颱風無法成行。今天是二十一日，如果是低溫殺菌牛奶，消費期限早就過了。以一般殺菌方式製作的牛奶，即使放在冰冷黑暗的場所保管，差不多也該喝完了。在如此炎熱的天氣中，快要過期的牛奶如果沒有放在冰箱，不到一晚大概就會腐壞。

然而戶波家無法使用電力。屋子雖然沒事，但配電線卻被樹枝糾纏，電話線和電線同時被扯斷。

除了冰箱以外，還有什麼方式可以冷卻牛奶？放在流水中？不行，這次的水災導致大範圍的停水。

瓦斯呢？每一戶都有瓦斯桶，所以應該可以使用瓦斯。如果以煮沸方式消毒牛奶……不對，他們不可能在三天中反覆煮沸殺菌。這樣的話早就蒸發掉了。

那麼他們是如何保存牛奶的？

太刀洗學姊問：

「要不要請大庭離席？」

戶波先生猶豫片刻，然後緩慢地搖頭。

「不，請他一起聽吧。我已經不想繼續隱藏了。」

我緊張地屏住氣。

「戶波先生……冰箱的問題是怎麼解決的？」

滿布血絲的眼睛直視著我。

戶波先生以顫抖的聲音說：

「我們借用了原口家的冰箱。」

原口家。

他們住在戶波家的隔壁。這次土石流不幸直擊他們的臥室，剛剛確認兩人已經死亡。

沒錯，被土石流淹沒的只有臥室。

戶波先生發現到我的臉色變化，輕輕點頭說：

「我進入原口先生家的廚房，利用他們的冰箱冰牛奶。」

「……」

「天亮之後，食物很快就會腐壞，救援也遲遲不來。能夠久放的只有一些醃酸梅，還有兒子留下的那個類似餅乾的東西。根據盒子上的說明，要泡牛奶來吃，但是即使知道吃法，冰箱不能使用，牛奶也會馬上壞掉。我們原本有不吃不喝的心理準備。」

太刀洗學姊插嘴：

「接著你們就到原口家，對不對？」

原本在嗚咽的戶波太太驚恐地抬起頭，說：

「我先生原本想要去救他們。他拿著鏟子，說原口夫婦可能還有救……」

「可是我無能為力。」

戶波先生小聲說。

「我知道原口夫婦被埋起來了，可是到處都是雙手合抱大小的石頭，憑我一個老人的力量根本沒辦法移開。可是我當時發現到原口家沒有停電。是我提議要把牛奶放在他們家的冰箱。」

「不對！」

戶波太太發出類似悲鳴的聲音。

「不是這樣的。是我提議說，只要想辦法保持牛奶新鮮，就可以靠平三留下來的禮物撐一陣子。」

「聽妳這麼說，我就把牛奶帶到原口家。所以是我提議的沒錯。」

我腦中浮現當時的狀況。

超乎預期的豪雨，接著是土石流，導致隔壁的隔壁被土石淹沒，隔壁住戶則沒有人活著的跡象。山麓的河川氾濫，沖走橋梁。他們不知道什麼時候還會發生土石流，又沒有水和食物，於是戶波先生帶著牛奶盒走出家門——為了去借疑似埋在土石中的鄰居冰箱；為了保持牛奶鮮度，來吃連製作方式都不清楚的食物。

我心中還是只有一個想法：幸好戶波夫婦沒事。

然而我也能理解他們夫婦的罪惡感。如果換作是我，大概也不敢告訴任何人，並且因為無法說出口而痛苦。

太刀洗學姊問：

「原口家冰箱裡的東西怎麼了？」

「我沒有動那些東西。」

戶波先生理所當然地回答。

沒錯，原口家也有食物。原口先生平常就自己開著輕型汽車去買東西，不會受到我們家的移動販賣服務盂蘭盆節休假的影響，仍舊可以購物。

然而戶波先生宣稱他沒有去動那些食物。他並不是以此為傲，也不是想要藉由這點來抵消借用冰箱的罪惡感。

「……我知道了。」

太刀洗學姊輕輕點頭。這時我才發現她沒有記筆記。

「對於今天採訪的處理方式，你們有什麼意見嗎？」

她的意思大概是，如果戶波夫婦不願意，就不會對外發表。但他們夫婦毫不猶豫地回答：

「請儘管報導吧。保持沉默真的太難受了。我真的很高興妳來詢問。我並不會奢求妳不要發表。」

「我的想法也和先生一樣。即使因此被罵冷血，那也是當然的報應。」

「既然兩位這麼想……」

太刀洗學姊把手放在榻榻米上，保持正坐姿勢稍稍後退，然後深深低頭。

「謝謝你們告訴我。」

戶波先生或許是無意識地深深吐氣。

4

夏季漫長的一天總算接近黃昏。

遠處可以看到被土石流吞沒的高地。新的橋梁大概沒辦法在一朝一夕之間架起，因此大型機械應該還無法進入，只能在天還沒黑之前憑人力搜索。如果搜索行動拖長，或許也會輪到義消出場。

我打開停在停車場的 Prius 車門。太刀洗學姊說：

「謝謝你載我到這裡。不過我還想再看看這一帶的情況，所以回程會搭計程車。」

我原本想提議自己也要留下來，不過一直跟著她，大概會干擾到她的工作。

「我知道了。請小心。」

「下次再見吧。」

「好的。」

然而我還是感到依依不捨，沒有坐進車子，只是茫然地站著。太刀洗學姊和我的工作沒有任何連結點。如果在此道別，或許一輩子都不會再見到面。

我應該還有更多話要說，但是我說的卻是：

「妳會把戶波夫婦的談話寫進報導裡嗎？」

戶波夫婦說可以寫出來。他們宣稱告白之後輕鬆許多，應該不是謊言。然而把這件事寫成報導、向全國民眾公開，感覺好像還是不太對。這世上也有不懷好意的人。他們很可能會譴責進入失蹤者家中、維繫自己生命的戶波夫婦。

太刀洗學姊漠然望著大澤地區的田園風景，說：

「我想我會寫出來。」

「可是……」

「我知道你想說什麼，可是他們兩人靠著玉米片度過三天的事實已經在電視上播放。我不知道他們是不小心說出來，或是因為罪惡感而迂迴地告白。但是我知道，電視觀眾當中有幾成會產生跟我一樣的疑惑。」

「妳是為了解答他們的疑惑，才要寫進報導嗎？」

細長的眼睛看著我。

「這就是我的工作。」

「……」

「而且如果沒有任何情報，傳言就會漫無邊際地變得不負責任。雖然我寫的報導也未必有多少影響力，可是至少能在某處提供情報。這樣應該就會稍微不一樣了。」

如果沒有人報導他們如何吃玉米片，那麼即使有傳言說戶波夫婦其實沒有吃玉米片、而是從原口家偷東西吃，也沒有人能夠反駁。然而只要太刀洗學姊寫出她從戶波夫婦口中聽到的說法，論點就會轉移到要不要相信這則報導。這樣的議論雖然不能說有太大的生產性，但是至少比單方面的誹謗好多了……太刀洗學姊的意思或許就是如此。

我最後詢問百思不解的問題：

『妳怎麼知道戶波夫婦想要告白？』

戶波夫婦極度害怕有人會發現冰箱的事。當事實被揭穿時，他們也很有可能會陷入恐慌。才剛剛經歷恐怖體驗的戶波夫婦如果受到那樣的打擊，即使發生嚴重的結果也不意外。

然而實際上，戶波夫婦卻說很高興有人問他們，臉上的表情也如釋重負。太刀洗學姊是如何預期這樣的結果？

我期待著出乎意料之外的答案。我相信太刀洗學姊是以某種方式猜到戶波夫婦的心境而前來採訪。這才是我在學生時代尊敬的太刀洗萬智。

然而她卻說：

「這回運氣很好。」

「運氣？」

「沒錯。」

我不知道該說什麼，耳中聽到她類似獨白的聲音：

「即使盡最大的努力避免去問折磨他人的問題，最後還是只能靠運氣。我總是在走鋼索……沒有什麼特別的，只是這次剛好是幸運的成功案例。遲早會掉下去。」

如果說身為記者提出問題是走鋼索，她過去是否從來都沒有掉落過？

想必並非如此。她在大學畢業後從事十年記者，不可能總是一帆風順。她過去大概曾讓許多人傷心、憤怒，今後也會一再聽到悲鳴與怒罵。

太刀洗學姊抬起頭，緩緩地踏出腳步。

「我還有別的地方要去。雖然想跟你多聊，不過我得走了。今天很高興見到你。再見。」

在綠色山巒環繞的信州，西沉的夕陽一旦沒入山後方，黑夜很快就會來臨。太刀洗學姊離去的背影逐漸被陰影吞沒，我只能默默地目送她。我想像著她走鋼索的恐懼，心中只能祈禱。

——路上請多小心。

後記

這本短篇集的完成過程有點特別。

二〇〇七年，「YURIIKA」（青土社）替我製作特輯，臨時需要小說新作。在缺乏時間與準備當中，我臨時想到讓《再見妖精》的書中人物太刀洗萬智變成大人，擔負比年少時更大的責任來面對真相。這次收錄的故事中，改標題為〈正義之士〉的短篇就是這篇作品。不過當時我並沒有想到要以太刀洗為主角，接二連三寫出系列短篇。

轉機在於〈把刀子放入失去的回憶中〉。這是為了短篇作品集計畫「蛤蟆倉市事件」寫的，以一座城市為舞台，由數位作家寫出短篇。事件本身是暗號推理小說，小說的內容則探討太刀洗萬智的決心。探討每個人職責的故事結合推理小說的結構，源自以撒・艾西莫夫的《The Black Widowers（黑寡婦）》。我自己的詮釋與重新架構方式是否成功，要交由讀者來判斷，不過不論如何，這篇短篇決定了整個系列的調性。

在問世之前過程最曲折的短篇是《真相的十公尺前》。做為書名的這篇短篇不同於其他五篇，是以太刀洗萬智還在當報社記者的時期為舞台。由於這系列作品是以她從事自由工作者為前提來解謎，因此這篇的設定不太協調，不過我其實一開始並不是要把它寫成短篇小說。我原本是把它當作《王與馬戲團》的前篇，放在長篇小說的開頭來寫。然而完成的小說比較像獨立的短篇，而不是長篇作品的第一章，因此在和責任編輯討論之後，決定把它分開來。也因此，長篇的寫作花了更多時間。不過讓《真相的十公尺前》獨立為短篇，也使得本書能夠更早付梓。這就是所謂塞翁失馬、焉知非福吧。

我也考慮過，是否該由太刀洗萬智本人做為敘述者來寫小說。讓她成為不對讀者表白內心的神祕人物，感覺也是具有魅力的選擇。然而我最後沒有選擇這條路。寫出第一人稱的故事，太刀洗的神祕面紗就會被揭開，她的能力會受到檢視，她的程度也會被看出來。然而我認為那才是她生存的世界。

這樣的選擇也延續到《王與馬戲團》。

米澤穗信

二〇一五年十一月

初次刊登一覽

真相的十公尺前
《Mysteries!》vol.72（2015 年 8 月）

正義之士
（「抱歉，讓你看笑話了」改標題）
《Yuriika》2007 年 4 月號

戀累殉情
《Mysteries!》vol.26（2007 年 12 月）

人死留名
《Mysteries!》vol.47（2011 年 6 月）

把刀子放入失去的回憶中
《蛤蟆倉市事件 2》2010 年 2 月刊

走鋼索的成功案例
新作

逆思流

真相的十公尺前

（原名：真実の10メートル手前）

作者／米澤穗信　譯者／黃涓芳
執行長／陳君平　榮譽發行人／黃鎮隆
協理／洪琇菁　國際版權／黃令歡
總編輯／呂尚燁
執行編輯／丁玉霈　美術編輯／方品舒
發行／英屬蓋曼群島商家庭傳媒股份有限公司城邦分公司　尖端出版
台北市中山區民生東路二段一四一號十樓
電話：（〇二）二五〇〇－七六〇〇（代表號）
傳真：（〇二）二五〇〇－一九七九
中彰投以北經銷（含宜花東）／楨彥有限公司
電話：（〇二）八九一九－三三六九
傳真：（〇二）八九一四－五五二四〇
雲嘉經銷／威信圖書有限公司　嘉義公司
電話：（〇五）二三三－三八五二
傳真：（〇五）二三三－三八六三
客服專線：〇八〇〇－〇二八－〇二八
南部經銷／威信圖書有限公司　高雄公司
電話：（〇七）三七三－〇〇七九
傳真：（〇七）三七三－〇〇八七
香港總經銷／城邦（香港）出版集團有限公司
香港灣仔駱克道193號東超商業中心1樓
電話：（八五二）二五〇八－六二三一
傳真：（八五二）二五七八－九三三七
E-mail：hkcite@biznetvigator.com
馬新經銷／城邦（馬新）出版集團　Cite(M)Sdn Bhd.
E-mail：Cite@cite.com.my
法律顧問／王子文律師　元禾法律事務所
台北市羅斯福路三段三十七號十五樓
二〇一七年十月一版一刷
二〇二四年一月一版八刷

■中文版■

郵購注意事項：
1. 填妥劃撥單資料：帳號：50003021戶名：英屬蓋曼群島商家庭傳媒(股)公司城邦分公司。2. 通信欄內註明訂購書名與冊數。3. 劃撥金額低於500元，請加附掛號郵資50元。如劃撥日起 10～14日，仍未收到書時，請洽劃撥組。劃撥專線TEL：(03) 312-4212 ・ FAX：(03) 322-4621。E-mail：marketing@spp.com.tw

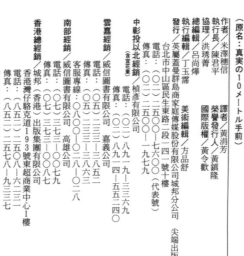

國家圖書館出版品預行編目資料

真相的十公尺前 / 米澤穗信 著 ; 黃涓芳 譯.
--1版.--臺北市：尖端出版, 2017.10 面 ; 公分.--(逆思流)
譯自:**真実の10メートル手前**
ISBN 978-957-10-7672-0(平裝)

861.57 106013309